Jon von Goldmar
Der neue Mann

Jon von Goldmar
Der neue Mann

1.Aufl.
Taschenbuch – Literatur - Klassiker
Herausgeber Frank Weber, Marburg
Bibliografische Information der Deutschen Nationalbibliothek:
Die Deutsche Nationalbibliothek verzeichnet diese Publikation in der Deutschen
Nationalbibliografie; detaillierte bibliografische Daten sind im Internet abrufbar über
http://dnb.dnb.de
© 2020 Jon von Goldmar
ISBN: 9783754324523
Herstellung und Verlag: BoD – Books on Demand, Norderstedt

Der New Ladies' Klub hatte seinen »Herren-Abend;« zweimal im Jahre werden seine ebenso eleganten wie gemütlichen Räume den gentlemen geöffnet: an den Tagen des Frühlings- und Herbst-Anfangs.

Dem Kalender nach war es Frühling heute. Aber davon merkte man in den Strassen Londons noch nichts. Gelbgraue Nebel verhüllten das Häusermeer, bedeckten liebevoll die hohen Schmutzhügel, deren schneeigen Ursprung man nicht mehr erraten konnte, und woben zitternde Strahlenschleier um die Laternen.

Eine frierende neugierige Menge drängte sich um das Portal des stattlichen Klubgebäudes und starrte nach den eleganten Insassen der vorfahrenden Wagen. Jedesmal, wenn der würdevolle Portier den Eintretenden die Flügeltür im Innern des Hausflures öffnete, drang ein Hauch von Wärme, Duft und Glanz zu den stumpfen Gaffern da draussen und liess sie um so trostloser zusammen-schauern.

Drinnen freilich war es Frühling! Strahlende Helle erfüllte die warmen Säle und verschwenderischer Blumenschmuck zauberte den Lenz in Gedanken und Sinne.

Die Damen waren in eleganter Abendtoilette, die Herren in Frack und Claque erschienen; der grosse Vortragssaal nahm die ganze festliche Gesellschaft zunächst auf.

Hier bestieg die alte weisshaarige Duchess of Winsfield die Rednertribüne und begrüsste als Präsidentin in liebenswürdiger Weise die Gäste, worauf die Sekretärin, Mrs. Bowertree, das Protokoll über das letzte halbe Jahr vorlas.

Nun folgten Vertreterinnen der verschiedensten Nationen; in allen Sprachen, in guten und schlechten Reden wurden die Erfolge der Advokatinnen, Aerztinnen, Chemikerinnen und Apothekerinnen des In- und Auslandes gepriesen, und eine sehr gründliche deutsche Dame verlas eine Statistik sämtlicher an deutschen Universitäten zugelassenen Studentinnen, nach dem Studienfach geordnet.

Man gähnte verstohlen.

Auch diese Rede nahm ein Ende. Eine Pause trat ein.

Die Präsidentin forderte die Anwesenden auf, etwaige Fragen, Wünsche, Anregungen zur Diskussion zu stellen; aber niemand meldete sich.

Die Gegenwart des starken Geschlechtes, von dem der grösste Teil die Sache als a good joke auffasste, hemmte die sonst muntere Redelust der jugendlichen Mitglieder.

Endlich erhob sich eine Dame aus den vorderen Reihen und schritt langsam, zögernd der Rednertribüne zu.

Eine schlanke, ebenmässige Gestalt, einfach aber chic gekleidet, – als sie nun ihr errötendes Antlitz den Zuhörern bot, erwachte das bereits gesunkene Interesse wieder.

Ohne schön zu sein, war Margaret v. Letzows Erscheinung so distinguiert, dass sie sicher war, überall Gefallen zu finden, und dies Bewusstsein verlieh ihr eine hoheitsvolle kühle Würde.

»Ich will Ihre Geduld nicht lange missbrauchen,« begann sie in fliessendem, leicht deutsch gefärbtem Englisch, »ich möchte mir nur die Frage erlauben: sind die Erfolge der Frauenbewegung wirklich so bedeutend wie wir in unseren redlich strebenden Vereinen gern glauben mögen? Meine Damen und Herren! Ich kann ja nur von meiner deutschen Heimat sprechen, aber dieselbe ist, wie jeder weiss, sehr fortgeschritten. Fräulein Krause hat uns vorhin berichtet, wie beliebt unsere Universitäten bei den Ausländerinnen sind, und wir haben auch sämtliche Namen der promovierten Damen vernommen, die nun auf die Erlaubnis warten, ihre Kenntnisse praktisch verwerten zu dürfen. Sehen wir denn bloss darin die Erfolge? Gelehrte Frauen hat es zu allen Zeiten gegeben, gar nicht zu sprechen von den »berühmten Frauen«! Die weibliche Gelehrsamkeit brüstet sich schon in alter Zeit mit einer Hypatia, einer Theano, Aspasia und der Nonne Roswitha; die Namen von Olympia Morato, Elisabeth Guizot, Margarete von Oesterreich, den Schwestern Strickland, der Sprachenforscherin Talvj, der Astronomin Caroline Herrschel, der »Erxlebin«, der Mathematikerin Kowalewska haben immer ihren guten Klang behalten. Ob den modernen Doktorinnen derselbe Ruhm blühen wird? Doch ich will zum Ziel meiner Interpellation kommen – und stelle die Frage: ist durch die Emanzipation die Stellung der Frau wirklich gebessert worden? Ich habe damit nicht die äusserlichen Vorteile, weder Mädchen-Gymnasium noch Wahlrecht im Auge, sondern die Stellung des Weibes zur Zukunft – und zum Mann. Kaum jemals stand die Sünde in solcher Blüte wie heutzutage – es gibt keinen Beruf, keine Ideale, die nicht zu ihren Gunsten ausgebeutet werden. Die Kunst besonders dient nur noch zum Sinnenreiz, – und das Weib ist es, welches die Lockung verkörpert. Wo bleibt hier die Emanzipation? Es ist überall das gleiche. In London grassiert das Laster wie in Paris und Berlin. Besucht man die grossen Ausstellungen, so findet man dem »Vergnügen« einen weitaus wichtigeren Platz angewiesen wie dem Erfolg rastloser Arbeit. Ich will bei meiner Heimat, Berlin, bleiben – hier sind wenig über eintausend städtische und staatliche Beamtinnen angestellt, sei es am Telephon, Telegraph, am Fahrkarten- und Postschalter. Dem »Vergnügen« aber dient – offiziell – die sechsfache Zahl, und ausserdem noch die Angehörigen der zahllosen kleinen Theater und Variété-Bühnen, welche ihren Verdienst durch die Wirkung auf die Sinnlichkeit erzielen und einen verderblichen Hang zum Luxus wachrufen. Wo, um Himmels willen, bleibt da unser Fortschritt? Wohltätigkeitsanstalten, Waisen- und Findelhäuser sind keine Neuerungen! Und wenn nach und nach sich die Universitäten gnädig für die Frauen öffnen, kann ich nicht in Frohlocken ausbrechen. Studieren kann immer nur ein bestimmter Teil der weiblichen Bevölkerung – dem Laster aber kann jede zum Opfer fallen. Wir kämpfen und kämpfen – und an der rotglühenden Mauer der Sinnlichkeit zerbrechen unsere Waffen. – Warum nur? warum?«

VENVS REGINA

Margaret schwieg – ihre grossen hellen Augen blickten antwortheischend über die Versammlung und erblickten überall halb verlegene, halb entrüstete Gesichter, während mehrere Herrengruppen lächelnd flüsterten.
Doch da stand schon ein Redner neben ihr und verbeugte sich leicht – Margaret schritt auf ihren Platz.
»Meine Herrschaften, die Frage, welche die geehrte Rednerin soeben aussprach, haben sich wohl schon alle ernsten Frauenrechtlerinnen vorgelegt. Aber sie fanden keine Antwort, weil sie dieselbe eben von sich selbst begehrten. Und, meine Damen und Herren – zur Bekämpfung der – – Unsittlichkeit gehört nicht die

neue Frau, sondern der neue Mann. Ich glaube, meine geehrten Damen, die ganze Frauenbewegung hat in ihrem Programm eine Kleinigkeit vergessen – nämlich: die Mitwirkung des Mannes an der Charakter-Entwicklung des Weibes.

Sie gründen Gymnasien und Universitäten, um »alle Werte umzuwerten« und die neue Frau zu erziehen, nämlich die, welche entweder ohne den Mann ihren Platz in der Welt ausfüllt, oder die, welche auf höherer Stufe steht als er (psychisch ist letzteres ja meist der Fall, aber das genügt Ihnen nicht). Sie arbeiten also entweder: auf das Aussterben der Welt hin und vernichten damit jede Zukunft, oder Sie untergraben das bisschen Glück, das uns die Liebe noch gewährte, und zerstören dadurch die Gegenwart. –

Ich sehe an Ihren Mienen, dass Sie entrüstet sind, aber, meine Damen, warum gefällt sich der Mann in seiner ererbten überlegenen Position? Weil er sich der Kraft bewusst ist, zu halten, was ihm die Natur verlieh. Und die Frauen? Ihre Stärke liegt nun einmal in der Mutterschaft: ihr Wert bedingt den Wert der Menschheit; die Kultur eines Staates zeigt sich an der Bildung seiner Frauen. Sie, die freien, geehrten, geliebten Frauen, beklagen sich über die Ketten, welche Gesetz, Herkommen und – Mode schmieden, aber Sie legen sie eigenhändig den Neugeborenen um die zarten Glieder – Ihre einzige Waffe gegen diese Fesseln ist die Weigerung, Kinder zu gebären, welche sie tragen müssen! Sie predigen Freiheit und üben Vernichtung! Warum legen Sie den Schwerpunkt der Gleichberechtigung auf die gelehrte Erziehung, statt auf die moralische? Sie sind die Mütter der Zukunft. Geben Sie uns den »neuen Mann«, der sich seiner physischen Ueberlegenheit nicht als eines Vorzuges und der feineren Natur des Weibes nicht als einer Minderwertigkeit bewusst ist.

Was nützt es, die Kinder in streng gesonderten Anschauungen zu erziehen und dann von den Erwachsenen gleiche Gesinnung zu fordern?

Meine Herrschaften! Es sind die durchaus verschiedenen Moralbegriffe, welche einen Abgrund zwischen die Geschlechter legen – erst die Scham schuf den Begriff der Sünde: solange Knaben und Mädchen in verschiedenen Moralbegriffen aufwachsen und gelehrt werden, im eigenen Körper einen Gegenstand der Scham zu sehen, solange wird auch der Kampf der Geschlechter kein Ende finden.«

Eine Stille entstand nach diesen Worten. Die ernsten Frauenrechtlerinnen bewegten die Rede in ihrem Herzen; die hübschen eleganten Damen, welche den Klub mehr als Modesache betrachteten, sassen nachdenklich überlegend, ob der neue Mann für die Liebe ein Hindernis oder ein Sporn bedeute – während die Vertreter des selbstzufriedenen Geschlechtes mit ironischem Lächeln auf den Prediger in der Wüste blickten.

Eitel Joachim von Seyblitz ging mit raschen Schritten seinem Platz zu; ohne sich um die übrigen Anwesenden zu kümmern, forschte sein Auge in den anmutigen Zügen seiner Cousine Margarethe nach der Wirkung seiner Worte.

Aber Margarethe wich seinem Blick aus und beschäftigte sich eifrig mit ihrer Nachbarin.

Zehn Minuten später befand sich die ganze Versammlung in dem grossen drawing-room, der mit reizend arrangierten cosy corners und verschwenderischer Blumenfülle wundervoll aussah.

Junge Zöglinge der Klub-Haushaltungsschule in schwarzen Kleidern, Spitzenhäubchen und Mullschürzen servierten Tee und sandwiches.

Lebhaftes Stimmengewirr erfüllte den Saal. Am Tisch der Präsidentin herrschte wohl noch das ernste Thema, aber in den Ecken, den Chrysanthemum-Lauben und Erkerplätzchen ward geplaudert, gelacht und geflirtet wie in jeder anderen Gesellschaft, die sich zum eigenen Vergnügen, nicht zum Wohl der Menschheit vereint. Herr von Seyblitz sass mit Marga und zwei anderen jungen Mädchen in einer künstlichen Grotte, die in eine Saalecke gebaut war und einen umfassenden Blick über den ganzen Raum gewährte. Im anstossenden Gemache ertönten heitere Musikweisen.

»Soll wirklich getanzt werden?« frug Marga.

»Gewiss,« antwortete Dolly Barnes, ein grosses schönes Mädchen mit sehr hellem Haar und rosigem Teint, »Mylady besteht darauf, dass die Herrenabende ›wirkliche Gesellschaften‹ sein sollen, obwohl die Mehrzahl der Mitglieder gegen die Kosten sind. Ich verstehe, offen gestanden, auch nicht, weshalb man sich solche Mühe gibt, die Herren, vor denen immer gewarnt wird, zu amüsieren!« Sie lachte, Eitel Joachim anblickend, und setzte hinzu: »als ob unsere Vorträge nicht genug Amusement bildeten!«

»Geben Sie mir keinen solch schlechten Begriff von Ihren Landsleuten,« sagte Seyblitz, ihr Lächeln erwidernd, »ich vermute, dass alle Herren ausserordentlich gern in diesen entzückenden Räumen weilen, selbst wenn ihnen das ernste Streben der Damenwelt zu ernst sein sollte. Wer arrangiert Ihnen denn alle diese Dekorationswunder? Mir wurde gesagt, dass ausser dem Portier kein männliches Wesen im Klub beschäftigt würde ...«

»Das stimmt, und unsere Künstlerin sitzt hier,« Dolly wies auf ihre Gefährtin am Tische, eine kleine unscheinbare Person, welche in einem schlecht sitzenden grauen Seidenkittel (Kleid war das Machwerk nicht zu nennen) steckte, »Miss Octavia Monetti.«

Eitel, welcher bis jetzt noch keinen Blick an diese merkwürdige Erscheinung verschwendet hatte, sah voll Erstaunen in das interessante Antlitz – ausser dem Namen verrieten nur die melancholischen schwarzen Augen die italienische Abstammung der Dekorateurin.

Octavia nahm die Komplimente über ihre Geschicklichkeit sehr gleichgültig hin und wendete sich zu Margarethe:

»Was ist Ihnen, Miss Margaret? Sie sind so still und bleich!«

»Ich denke nach,« sagte die deutsche Freiin, »ich bin extra über den Kanal gekommen, um Neues zu hören und zu lernen – und das einzig Neue, was dieser Klub-Abend bringt, ist eine Rede meines Vetters, die er mir schon in Berlin hätte halten können, wo ich ihn monatelang fast täglich sah, ohne zu ahnen, wie eingehend er sich mit der Frauenfrage beschäftigt.«

Octavia warf einen schnellen Blick auf Eitel.

Dieser lächelte seine Cousine an und wendete sich zu Dolly: »Sagen Sie, Miss Barnes, ob es wahr ist, dass Margaret nichts von diesem meinem Interesse wusste? Haben wir nicht letztes Jahr, als Sie noch in Berlin waren, oft genug darüber debattiert?«

Dolly nickte. »Und ob! Wie oft haben Sie aunt Leokadie shockiert! Ach, wenn ich an jenen Vormittag im Museum denke!«

»Was war denn da?« frug Octavia.

Dolly lachte laut und errötete etwas. »O, es war so komisch! Miss Leokadie hatte uns so schöne gelehrte Vorlesungen über die antike

Kunst gehalten und wollte Mr. Seyblitz, der zufällig uns im Museum traf –«

»Hm – zufällig –«

»– absolut bewegen, uns zu verlassen: es sei unschicklich für ladies, in Herrenbegleitung die Skulpturen anzusehen!«

»Ja, vielleicht hatte sie nicht unrecht – dazu gehört ein ›neuer Mann‹!«

»Damals sagten Sie schon, die modernen Schambegriffe seien unsittlich –«

Marga blickte etwas erstaunt auf Dolly, aber die junge Engländerin bediente sich der deutschen Sprache und empfand infolgedessen kaum die Freiheit der Worte, welche sie in ihrer Muttersprache nie ausgesprochen haben würde.

Eitel lächelte. »Welch gutes Gedächtnis Sie haben, Miss Dolly; wissen Sie, damals kam mir zuerst der Gedanke, dass es einen Mittelweg zwischen der Lüsternheit und der Prüderie geben müsste, für uns Männer sowohl wie für die Frauen. Und das ist der Pfad der Zukunft.«

»Sollte der wirklich noch nicht gefunden sein? und wenn auch nur von einer kleinen Anzahl glücklicher Ehewanderer?« meinte Margaret.

»Das ist undenkbar!« rief Octavia, »sonst wäre nicht die Begierde Herrscherin der Welt!«

»Und doch ist es gerade die moderne Frau, die den Brennstoff für die unlautere Flamme liefert,« sagte Eitel, »denn wie heisst die Losung: Freiheit der Wahl – kein Ehezwang. Als ob nicht jede Liebe ein unbewusster Zwang sei!«

»Aber merkwürdigerweise immer nur für die Frau – das Märtyrer- und das Heldentum der Liebe beherrschen die Frauen,« sagte Octavia.

»Da haben Sie recht, Miss Monetti,« erwiderte Eitel mit einem flüchtigen Blick auf sie, »mein Interesse an der Frauenfrage gründet sich eigentlich schon auf die Erlebnisse meiner Kinderjahre. Meine Mutter war eine liebe, gute – echt weibliche Frau, die ihren Gatten vergötterte und die Mutterschaft für ihren Daseinszweck hielt. Vielleicht ist sie ihrer Bescheidenheit wegen nie genug geschätzt worden; ja, ich glaube, jede der anwesenden 150 Damen, von den

Serviermädchen an, hält sich für wertvoller, als einst die Baronin Seyblitz, die liebevollste Mutter von zehn Kindern!«

»Und ist sie glücklich gewesen, deine Mutter?« frug Margaret langsam.

»Glücklich? Du vergisst, dass unsere lieben altmodischen Mütter und Grossmütter ihr Glück darin suchten, andere glücklich zu machen – –«

Sein Antlitz blieb ernst, keine Ironie lag in seiner Antwort.

»Also hast du schon als Kind empfunden, dass deine Mutter nicht den ihr gebührenden Platz einnahm?«

»Das wohl nicht. Ich weiss nur, dass meiner innigen Liebe zu ihr sich stets etwas Mitleid zugesellte - Mitleid mit ihrem sorgenvollen Antlitz, mit ihren tausend Artigster, und Nöten um uns alle; und trotzdem fand ich es nicht nötig, mich zu bessern, ihr etwa die Sorgen um mich zu erleichtern. Und hier, glaube ich, ist die Stelle, wo der Hebel angesetzt werden muss: wir Knaben leiden von Kindheit an an Selbstüberhebung. Und die Reform der Menschheit ist nur durch das männliche Geschlecht möglich – –«

»Oh, hier finde ich Sie endlich!« rief der junge Duke of Winsfield plötzlich hinter seinem Stuhl, »meine Mutter suchte Sie überall – würden Sie die Liebenswürdigkeit haben, zu ihr zu gehen? Wenn die Damen gestatten, nehme ich Ihren Platz, ein.«

Es kann nicht geleugnet werden, dass die Präsidentin über das Thema des heutigen Abends shockiert war. Denn wenn auch ernstes humanes Streben für den Klub sie beseelte, so hasste sie doch - besonders an Herrenabenden! – die Berührung von heiklen Angelegenheiten.

Sie war ja sonst nicht prüde, die gute Herzogin, o nein, für kleine pikante Histörchen zum Beispiel hatte sie eine besondere Vorliebe, aber so öffentlich, im Klub, eine solche Frage anzuschneiden – –

»Diese Deutschen sind immer plump,« dachte sie, während sie Eitel mit einem interessierten »Lassen Sie mich hören, wie Sie über die Erziehung im allgemeinen denken!« empfing, placierte sie ihn geschickt zwischen sich und eine halbtaube Dame, die wenig Interesse zeigte.

Bald jedoch drehte sich die Jugend nach den schmelzenden Walzermelodien, und man vergass der eigentlichen Bedeutung des Abends.

»Wo ist Marga?« frug Eitel, während er, langsam durch die Säle schlendernd, deren Tante Leocadie antraf, wie sie mit einem grimmigen Lächeln auf dem gewöhnlich so freundlichen Gesicht in das Gewirr der Tanzenden starrte.

»Marga?« kann ich das wissen? Die geht ja ihre eigenen Wege,« meinte das alte Fräulein ärgerlich. »Aber du bist an allem schuld! Machst sie noch ganz verrückt mit all dem Kram. Ich bin, weiss Gott, eine begeisterte Anhängerin der Frauenrechte, aber dass so ein Mädel sich dahinstellt und Dinge sagt, die sie überhaupt nicht verstehen darf, das ist mir zu bunt. Und du – na, ich will hier nicht schimpfen – du sekundierst ihr auch noch und erfindest einen »neuen Mann« – gescheiter wär's du heiratetest ganz altmodisch und schöbst auf deine Güter ab.«

»Aber Tantchen, das will ich ja gerade,« sagte Eitel Jochen und zauste an seinem Schnurrbart herum, aber Margaret ist ja nicht beizukommen! Du hast sie ja selbst zu einer Männerfeindin erzogen!«

»Ich? wieso denn? Weil ich ihr sagte, dass auch der beste Mann nichts taugt?«

»Nun, hältst du das für sehr ermutigend? Besonders, da ich nie das Bestreben hatte, als der beste zu gelten?«

Fräulein Leocadie von Letzow besah sich ihren jungen Verwandten musternd, als ob er ihr ganz fremd sei und sagte dann: »Gott, schliesslich ist für Marga das Heiraten immer noch besser als verrückt zu werden mit ihren Weltverbesserungs-Ideen. Meinen Segen habt Ihr!«

»Danke – lieber wäre mir aber Margas Jawort. Ach, da drüben ist Dolly Barnes, ich will sie mal fragen.«

Dolly kam ihm lachend entgegen. »O, Mr. Seyblitz, Margaret ist zu köstlich! Sie hat den armen Herzog so verblüfft. Er wollte so gern mit ihr flirten, o, Sie hätten nur sehen sollen. – Und vorhin fragte er sie, ob sie die englischen oder die deutschen Männer vorziehe? Da sieht sie ihn so von oben herab an und sagt: ›Immer die abwesenden, Herr Herzog!‹ Wo sie ist? Drüben bei den Palmen mit Octavia – o, hören Sie nur den schönen Walzer!«

Eitel umfasste lächelnd das junge Mädchen, und sie tanzten, während sie immerfort schwatzte.

Sie waren gute Bekannte. Dolly Barnes war zwei Jahre lang Pensionärin bei »Tante Leo« gewesen, die in Berlin ein fashionables Familienpensionat unterhielt, und Eitel, der damals noch aktiver Offizier war, hatte eifrig die »jours« besucht.

Seit einem Jahre etwa hatte er den Abschied genommen, um den Majoratsbesitz Letzow anzutreten und seine Güter zu bewirtschaften.

Merkwürdigerweise schien er sich aber von Berlin gar nicht trennen zu können, tauchte alle paar Wochen wieder bei Tante Leo auf und hatte sie auch beredet, Marga nach London zu schicken, um dort Dolly zu besuchen, die sie schon längst dringend eingeladen hatte.

Eine aufrichtige Freundschaft verband die beiden Mädchen, Dollys fröhlicher Sinn und unbekümmerte Sorglosigkeit bot eine treffliche Ergänzung zu Margarets ernster Würde und etwas schwerfälligem Empfinden. In den letzten Wochen des Londoner Aufenthaltes trat diesem Bunde noch Octavia Monetti bei, welche die beiden durch den Klub kennen und als abgeschlossene interessante Persönlichkeit lieben gelernt hatten.

Tante Leo, die Eitels Begleitung gern angenommen, als sie sich rüstete, Marga abzuholen und bei dieser Gelegenheit einem der interessanten Abende in dem New Ladies Klub beizuwohnen, gefiel diese »italienische Engländerin« gar nicht, und ihr aristokratischer Sinn sträubte sich gegen die Freundschaft mit einer »Dekorateurin«.

»Es ist zu schade, dass Sie nächste Woche schon wieder fort wollen,« klagte Dolly, »und mir Marga wegnehmen! Wir haben noch so viel vor – und ich bin dann wieder ganz allein.«

Eitel lachte, was Dolly »alleinsein« nannte, begriff einen Apparat von zärtlichen Eltern, einem Dutzend Freundinnen, tägliche Gesellschaften, Ausfahrten, Bällen und anderen Vergnügen in sich.

»Nein, Sie sollen nicht lachen! Es ist ganz wahr. So lieb wie Margaret habe ich niemand – sie ist so ganz anders wie alle anderen; man fühlt sich immer besser in ihrer Gegenwart und bekommt Lust zu allen möglichen erhabenen Dingen!«

»Sie Schwärmerin! Für so besserungsbedürftig hielt ich Sie gar nicht!«

»O, man kann nie gut genug sein.«

»Meinen Sie? Ich glaube, man kann auch z u gut sein, und das ist entschieden von Uebel. Aber so weit ich meine Cousine kenne, hat sie – Gott sei Dank – nicht bloss Tugenden.«

Sie waren unterdessen an dem Palmenrondell angekommen, wo Marga im Gespräch mit Octavia sass. Bei Eitels Anblick zog sie die feinen Augenbrauen ein wenig zusammen.

»Wir sprachen gerade von dir,« rief Dolly, »und dieser schreckliche Vetter macht dich schlecht!«

Octavia blickte rasch auf, während Margaret gleichmütig sagte: »Das ist mehr, als ich von ihm erwartet habe. Uebrigens will ich Tante Leo aufsuchen, die hat sicherlich ebenfalls genug von dem Trubel. Gute Nacht, Miss Octavia, bis morgen bei Dolly. Liebste Dolly, lass dich nicht stören, ich gehe so lange mit Tante auf ihr Zimmer. Da sie ja hier im Klubhaus wohnt, ist das sehr bequem.«

»Warte, ich begleite dich,« sagte Eitel, als Dolly in diesem Augenblick von einem anderen Tänzer geholt wurde und ihr zunickend davonwirbelte; wenn du nicht sehr müde bist, könntest du Tante Leo ruhig noch warten lassen und mir ein halbes Stündchen schenken. Ich wollte gern etwas mit dir besprechen.«

»Wohl über deine heutige Rede?«

»Ja, auch das, ein sehr wichtiges Thema, Marga, denn ich hoffe, ich habe dich von der Notwendigkeit des »neuen Mannes« überzeugt?«

»Glaubst du, dass du selbst –?«

Er unterbrach sie mit einer schnellen Handbewegung.

»Halt, höre mich ruhig an. Was ich vorhin sagte, ist nur die letzte Konsequenz eurer Forderungen. Was ihr begehrt, kann nie erlangt werden, solange ihr im Manne einen Feind eurer Bestrebungen erblicken müsst – und er wird diesen ewig feindlich entgegenstehen, solange ihr seine eigene Stellung einnehmen wollt.«

Sie setzten sich in eine der Blumennischen des nun fast leeren drawing-rooms, und Margaret blickte ihren Vetter fragend an, als er eine Pause machte.

»Nun, und?«

»Es handelt sich nun darum, ob ihr wirklich eure Reden in Taten umsetzen wollt und – der Welt neue Männer schenken –«

»Wäre es nicht am einfachsten, wenn die, welche diese Notwendigkeit begriffen haben, selbst eine Umwandlung vornähmen? Gerade dir liegt das doch sehr nahe.«

Eitel lächelte. »Nein, meine Liebe, das geht nicht. Das möchte ich auch gar nicht; ich gehöre nun einmal zu dem selbstzufriedenen besitzfrohen Geschlecht, das seine Fehler ebenso liebt wie seine wenigen guten Eigenschaften. Ich sehe ja, wo es not tut, aber da ich mich dabei ganz wohl befinde, denke ich nicht daran, mir selbst Unbequemlichkeiten zuzuziehen. Alles, was ich tun kann, ist den Weg zu bahnen für tapfere Kämpferinnen ... willst du mein Weib werden, Margarethe?«

»Nein – ich möchte nicht heiraten,« sagte Marga sehr ruhig, »eine Frau gibt zuviel auf, wenn sie das Eigentum eines Mannes wird.«

»Und die Zukunft eurer Bestrebungen?«

Ein spöttischer Zug legte sich um Margas Lippen. »Mein Gott, um ein neues Geschlecht zu erzielen, wäre wohl kaum die Ehe nötig.«

»Glaubst du?« sagte Eitel ernst, und eine tiefe Röte stieg ihm bis unter das blonde Haupthaar, »kannst du dir in unserer Zeit von dem Wirken einer unverheirateten Mutter Erfolg versprechen? Ein Kind mit dem Makel der unehelichen Geburt wird nie den Einfluss haben können, den der »neue Mann« braucht. Das beste, was man seiner Lehre nachsagen würde, lautete: dass er aus der Not eine Tugend, aus dem Makel einen Vorzug zu machen strebte. Sage selbst, welche Kreise er begeistern könnte? Dagegen ein Sprössling aus – unserer legitimen Verbindung, Marga: ein Freiherr von

Seyblitz, mit reichen Mitteln, das sorgfältig erzogene Ich zur Geltung bringend – müsste die Welt ihm nicht glauben und seinen durch ihn selbst verkörperten Lehren zujauchzen? Und wenn noch mehrere deiner Freundinnen ebenfalls diesen – Versuch unternehmen, sollte nicht die nächste Zukunft schon die Morgenröte all eurer Hoffnungen sein?«

»Aber in der Ehe hat nicht bloss die Mutter die Erziehung zu leiten.«

»Ich würde dir vollständig freie Hand lassen, Marga, dich sogar in jeder Hinsicht unterstützen.«

»Ach nein, ich möchte doch lieber nicht – ich habe mir gelobt, mein ganzes Leben der Frauenbewegung zu widmen.«

»Und versagst schon bei der ersten Gelegenheit, dein Gelöbnis zu betätigen?

»Nein, aber – weshalb bestehst du eigentlich darauf, mich zu heiraten, Eitel? Ich sagte dir schon vor einem Jahr, dass ich nicht mag – dass ich lieber zu dem Wohle der Allgemeinheit lebe, als dem eines einzelnen. Weshalb quälst du mich damit?«

»Marga, warum?« Aus den schönen klaren Augen des Mannes brach ein Strahl heisser Erregung, »weil ich dich liebe, so heiss und innig liebe, wie vielleicht noch nie ein Mann geliebt hat!«

»Du liebst mich,« wiederholte Margaret, »Lieben – was heisst das? Ich bin doch wohl kaum die erste Frau, die du – begehrst.«

»Nein, das habe ich auch nicht behauptet. Ich bin kein Heiliger und habe gelebt wie andere gesunde junge Männer meines Standes. Aber zum Weibe, meiner Lebensgefährtin, habe ich mir nie eine andere gewünscht wie dich, Marga!«

»Aber ich liebe dich nicht,« sagte sie ungerührt, »wie könnte ich dir dann etwas anderes bieten, als was du schon bei anderen gefunden hast – Labung für die Sinne,, nicht für die Seele?«

»Weil du selbst noch keine Seele hast, Marga! Weil du nichts und niemanden liebst! Wenn ich diese Ueberzeugung nicht hätte, würde ich nicht in dich dringen. Natürlich liebe ich dich, wie ein Mann ein Weib liebt, und fern sei es von mir, deshalb schwächliche Entschuldigungen zu stammeln. Ich will nicht bloss eine vornehme Herrin meines Besitzes haben, sondern auch eine Gefährtin meines Denkens und Empfindens, und ich mache mich anheischig, dich über den wahren Wert der Ehe aufzuklären.«

»Und wenn ich ablehne?«

»Dann – lade ich dich in einem halben Jahre zu meiner Hochzeit ein. Wie du weisst, verlangt unser Hausgesetz, dass der jeweilige Majoratsherr mit 33 Jahren verheiratet sei – und die Frauenbewegung hat einen erbitterten Feind mehr. Und das ist keine leere Drohung; ich werde als Mitglied des Herrenhauses sowohl wie als Besitzer eines grossen Landkreises meinen Einfluss auszunutzen verstehen.«

»O, wie edel!«

»Das ist mir gleichgültig. Ich bin ein Mann, dem reiche Mittel zur Seite stehen, den Schiffbruch seines besseren Selbst zu rächen. Ach, Marga, was für kleine dumme Mädels seid ihr im einzelnen und welch grässliche feuerschnaubende Hydra im ganzen!«

»Und was würdest du moderner Herkules tun, wenn ich winziges Bruchteilchen dieses Ungetüms kapitulierte?« frug sie, ihre schönen grauen Augen zu ihm erhebend.

»Marga! Liebling! Du wolltest?!« Fast vergass er, an welch öffentlichem Ort sie sich befanden. Er küsste ihre Hände und fand gar keine Worte mehr. –

Er hatte sich so blind in Eifer geredet, Theorien zu beweisen, deren Praxis ihm ganz gleichgültig war, solange es galt, ihren Eigensinn zu bekämpfen; nun er gesiegt, verwirrte ihn das Glück, und er begriff plötzlich, dass er eigentlich gar keine Hoffnung mehr gehabt hatte, Marga umzustimmen!

Eine flüchtige Rührung wandelte Margaret an, als sie ihres Vetters und nunmehrigen Bräutigams tiefe Erregung sah; sie erwiderte seine Liebe nicht, aber warum sollte sie ihn schliesslich nicht heiraten, da er ihr jeden Wunsch zu erfüllen gelobte? Er hatte ganz recht: als reiche Frau konnte sie ihre Ansichten werktätig ausführen, wo sie als armes Mädchen hilflos zusehen musste.

Und dann – es war doch ein angenehm prickelndes Bewusstsein, soviel Macht über solch einen stattlichen Vertreter des starken Geschlechtes zu haben!

Die drei Freundinnen sassen mit heissen Wangen und sinnenden Augen in Dollys kleinem Boudoir, das mit seinen geradlinigen Möbelchen und bizarren Dekorationen einen reizvollen Hintergrund für die jugendlichen Gestalten bot.

»Du liebst ihn wirklich nicht?« frug Dolly missbilligend und reichte Marga eine winzige dampfende Teeschale.

»Ich dächte, bei einem solchen Unternehmen, das zum Heile der Menschheit ausschlagen soll, ist es vorteilhaft, wenn die sogenannte Liebe aus dem Spiel bleibt,« meinte Margaret und errötete ein wenig.

»Aber er liebt dich doch grenzenlos. Liebste! O, schon damals in Berlin merkte ich es.«

»Ja, ja, er hat mich schon vor einem Jahre gefragt, aber darum handelt es sich hier nicht, Dolly. Wir wissen doch, wo unsere Aufgabe liegt, meine Lieben. Eitel sagt recht: wir werden nie Erfolg haben, wenn wir unser Augenmerk nicht auf die Erziehung richten: zielbewusste Mütter sind nötiger wie reine Jungfrauen. Deshalb habe ich Eitels Werbung angenommen und opfere mich für die allgemeine Sache.«

»Opfern ist gut – ich glaube, dies Opfer nähme gern manche unserer ladies auf sich!«

»Wann denken Sie zu heiraten?« frug Octavia, die bis dahin ganz still gesessen hatte.

»Im nächsten Monat schon. Eitel behauptet, ich hätte ihn lange genug warten lassen, und für meine Aussteuer brauche ich keine Zeit, die ist an einem Tage bereit! So ziehe ich wieder in das Haus ein, in dem ich geboren bin, in den Besitz all dessen, was mir gehörte, wenn ich als männliches Wesen zur Welt gekommen wäre!

Eine komische Welt, nicht wahr? Am liebsten möchte ich gleich nach der Hochzeit nach Letzow reisen, aber Eitel bat so sehr – wir werden zuerst einige Monate in Italien zubringen.«

»Das sagt sie in einem Ton, als sei es auch ein »Opfer«!« rief Dolly. »Nach Italien! Wie herrlich! Und es richtig kennen zu lernen und nicht bloss als abgehetzte Bädeker-Reisende. O, Octavia, würden Sie da nicht gern an Margas Stelle sein?«

»Warum nicht?« antwortete die Angeredete, ohne die Lider von den Augen zu heben. »Ich kenne ja meine Heimat gar nicht und möchte sie gern sehen, wenn auch nicht auf einer Hochzeitsreise. Miss Marga wird am besten über die Schönheit des Landes urteilen können, die meisten Hochzeitsreisenden schwärmen wohl davon, weil sie es eben als Wonneschauplatz betrachten, und da Sie leidenschaftslos dorthin reisen, werden Sie wohl mehr als landschaftliche oder künstlerische Eindrücke mitbringen, zum Beispiel einen Ueberblick über die italienischen Frauenverhältnisse.«

»Oh!« rief Dolly und schürzte die Lippen. »Ich hoffe, Marga, my darling, dass du sehr glücklich sein wirst ohne Volksverbesserungsideen. Ich bin gewiss sehr für alle und jede Freiheit der Frau, aber die Liebe darf man uns nicht nehmen wollen!«

»So lass doch die Liebe,« sagte Margaret ungeduldig, »es handelt sich hier um ernste Dinge. Wenn ich – nun, wenn ich Mutter werde, so sollen meine Kinder die Träger all unserer Hoffnungen werden, und die Welt soll sehen, ob der stete Kampf zwischen Mann und Frau, dieses ewige Anziehen und Abstossen, wirklich nur in den modernen Schambegriffen liegt. Diese darf es für das neue Geschlecht nicht mehr geben. Deshalb, meine lieben Freundinnen, müsst auch ihr bereit sein, dasselbe zu tun, d. h. zu heiraten und eure eventuellen Söhne zu »neuen Männern« erziehen. Diesen Schwur wollen wir ablegen zum Heil unseres erhabenen Zieles.«

»Was nennst du das erhabene Ziel?« sagte Dolly nachdenklich.

»Du fragst noch? Wofür kämpfen und sterben tausende von Frauen? Der Unterschied zwischen Mann und Weib muss ausgeglichen, beide Geschlechter von Kindheit an unter gleichen Bedingungen erzogen werden. Dann ist die soziale Frage gelöst.«

Octavia legte die schmale gelbe Hand über ihre Augen und sass sinnend – auch Dolly blieb einige Minuten still, ehe sie antwortete: »Ob wir damit gerade die soziale Frage lösen können, weiss ich doch nicht, Marga, wir drei kleine schwache Menschen inmitten der grossen, unbekümmert weiterhastenden Welt. Freilich – irgend jemand muss ja den Anfang machen; dass die Dinge nicht so bleiben können, wie sie jetzt sind, ist klar. Ich glaube zwar, dass es bis ans Ende der Tage Reiche und Arme geben wird, wie Kluge und Dumme, und dass daran auch der neueste neue Mann nichts ändern kann. Aber meinen Anteil am allgemeinen Frauenschicksal will ich gewiss nicht unerfüllt lassen, und gern leiste ich den Schwur, meine Kinder, wenn ich je welche haben sollte, in freier Unschuld aufwachsen zu lassen, ohne falsche Schambegriffe, unter der Bedingung, nur einen Mann zu heiraten, den ich liebe!«

Ein heiliger Ernst lag in ihren Worten. Durch die mattgelben Seidenstoffe des Fensters leuchtete ein Strahl der blassen Abendsonne und umgab die erhobenen Schwurfinger mit einem feierlichen Schein.

Ein stiller Händedruck festigte das Gelöbnis, dann wandten die zwei sich zu Octavia.

Mit einem melancholischen Lächeln sah diese auf. »O, ich will gerne den Schwur leisten, denn ich selbst bin ein lebender Beweis für die Ungerechtigkeit des Frauenschicksals. Ihr zwei, im Bewusstsein eurer Jugendschönheit und Frische könnt euch getrost zum Richter der Männer aufwerfen, denn eure Reize werden immer den Sieg davontragen. Aus Galanterie, aus Liebe oder Begierde wird der Mann euch jedes Zugeständnis machen. Aber ich?« Ihre schmalen Hände nestelten nervös an den losen Falten des kittelartigen Gewandes, »ich lasse nur die Liebe gelten, die keine Körperbegierden kennt. Nie werden wir Frauen uns erheben, solange wir Dienerinnen der Männerlust bleiben. Meine Gedanken wandeln auf anderen Wegen wie die euren. Wie kann ich von einem Kind sprechen? Bin ich ein Weib? Ein Gegenstand der Begierde?«

»Aber Miss Octavia! Sollten Sie sich für so unbedeutend halten? Ist Ihre starke Persönlichkeit nicht tausendmal mehr wert als irgend ein rosiges Frätzchen?«

»In Männeraugen wohl kaum.«

»Ach, Octi, you are fishing – du weisst, dass jeder dich liebt, der dich kennt.«

Octavias schöne Augen leuchteten für einen Moment auf.

»Wer mich kennt, sagst du, Dolly. Wenige halten es der Mühe wert, solch unscheinbare Person kennen zu lernen. Doch es sei – hört meinen Schwur: Falls ich den Mann finde, der meine Seele liebt und trotz meiner äusserlichen Unschönheit mich ganz begehrt, so werde ich mich ihm nicht weigern. Und wenn diese höchste Vereinigung, die sich denken lässt, mir ein Kind schenkte, so schwöre ich, es der heilig ernsten Sache des Menschenfortschritts zu weihen!«

Ein eigentümlicher Glanz lag auf dem matten Antlitz der Künstlerin, und die jüngeren Mädchen erschauerten unter dem Eindruck dieser düsteren Eigenart.

Einige Wochen später fand in Berlin die stille Hochzeitsfeier Eitels und Margas statt.

Von einem offiziellen Diner hatte man abgesehen, da die Braut ausser der Tante keinerlei Verwandten besass; so folgte der kirchlichen Trauung nur ein Frühstück im Windsor-Hotel, zu welchem sich die näheren Bekannten einfanden.

Margarethe war eine schöne, aber überaus kalte Braut – eher wie ein Marmorbild anzusehen denn ein Weib, das am Ziel seiner Sehnsucht steht.

Tante Leo blickte sie kopfschüttelnd an.

»Kind,« sagte sie eindringlich, während sie ihr half, das starre Seidenkleid mit einem schlichten Reisekostüm zu vertauschen, »wenn du deinem Gatten bloss ein etwas freundlicheres Gesicht zeigen wolltest! Es ist doch keine allzu schwere Arbeit, einen herzensguten, verliebten Mann wieder zu lieben!«

Marga machte eine abwehrende Geste.

»Erinnere mich, bitte nicht daran, Tante Leo, was der Begriff »Liebe« alles in sich schliesst!«

Die alte Dame trat näher und blickte ihre Nichte ernst an. »Und du, mein Kind, vergiss, bitte, nicht, dass der Begriff »Ehe« kein bloss sinnlicher ist. Deine Pflicht gegen deinen Gatten, den Mann, mit welchem Dein Leben nun vereint ist, besteht nicht bloss im Bekämpfen des Widerwillens gegen die körperliche Hingabe. Merke mein Wort, Marga, das ich dir mit auf den Weg gebe: und wenn du dein neues Evangelium mit Menschen- und Engelzungen redetest und hast der Liebe nicht, so bleibst du ein tönernes Erz oder eine klingende Schelle.«

Marga antwortete nicht. Sie blickte in dem luxuriös ausgestatteten Hotelzimmer umher und schloss langsam den Koffer.

Dann sagte sie, ihre Tante und Pflegemutter zum Abschied küssend: »Nicht sentimental werden, Tantchen! Ich bin ja kein kleines dummes Heiratsgänschen, und Eitel weiss, was er von mir zu erwarten hat. Du, der ich ja alles zu danken habe, durch die ich alles gelernt, was ich weiss und kann, du sollst dir fernerhin keine Sorgen mehr über mich machen. Ich sehe meinen Weg vor mir – mag es ein steiler Seitenpfad sein von jenem, den du gehst – er schreckt mich nicht. Aber nicht die Liebe erkor ich zu meinem Wegweiser, du gutes altmodisches Tantchen! Nein, deren Irre vertraue ich mich nicht an, sondern der vielleicht unbequemen, aber sicheren Pflicht! Und nun leb wohl! Auf Wiedersehen in Petzow!«

Drei Monate später befanden sieh Eitel und Marga auf der Rückreise und hatten sieh Pallanza zur letzten Station auserkoren.

Der Lago Maggiore lag in seiner ganzen makellosen Schönheit vor ihnen.

Sie tranken den Blütenduft der üppigen Natur, über ihnen spannte der klare Himmel sein schimmerndes Zelt der Unendlichkeit aus.

Eitel Joachim lehnte in einem bequemen Korbsessel, Margaret sass aufrecht daneben; seine Hand umschloss die weichen Finger der Geliebten, und seine Augen blinzelten wie geblendet von Sonne und Glück.

Margarets ernste Züge trugen einen Schatten innerer Erregung, den Eitel frohlächelnd zu verstehen glaubte – aber es war einfach der Reflex eines Unbehagens, das sie umsonst zu unterdrücken suchte.

Ja, sie fühlte sich unbehaglich: dies Uebermass von Licht und Schönheit schien ihr ebenso erdrückend wie ihres Gatten Liebe und Zärtlichkeit. Ihre herbe Natur erblickte in der frohen Sinnlichkeit des Mannes, keine Stärke – eher das Gegenteil: War es nicht Schwäche, ein Weib anzubeten – ein Weib zu besitzen, das ihn nicht liebte?

Denn sie log ihm nicht – sie blieb kalt wie eine Marmorstatue in seinen Armen, und wenn ihr Gatte geahnt hätte, mit welchem halb gleichgültigen, halb widerwilligen Gefühl sie seine Leidenschaft empfing, so wäre er wohl nicht so glücklich gewesen.

Aber im »Bewusstsein ihrer Gottheit« sind alle Männer blind – sie glauben, es genüge, der Frau die Liebe ad oculos zu demonstrieren, um sie den eigenen Genuss empfinden zu lassen. – –

Eitel hatte als reicher, begabter, gesunder Mann »seine Jugend genossen«, hatte viel geliebt und war viel geliebt worden – deshalb war er überzeugt, jedes Mädchen glücklich machen zu können – warum denn nicht?

Margarets Herbheit entzückte ihn – willige Frauen gab es allzuviel – ihr Widerstreben legte er für keusche Jungfräulichkeit aus.

Sie aber beherrschte nur mit äusserster Anstrengung ihre Enttäuschung.

Sie war, wie sie an ihrem Hochzeitstag richtig gesagt hatte, nicht als »weisse Gans« in die Ehe getreten; als eltern- und vermögensloses

Mädchen von Tante Leo zur Selbständigkeit erzogen, hatte sie sich der Frauenbewegung in die Arme geworfen und war oft Zeuge gewesen, wie verderblich die Lockungen der Sünde auf die ernstesten Vorsätze und den heiligsten Eifer wirkten. Da sie selbst temperamentlos war und somit den richtigen Begriff nicht fassen konnte, warf sie mit weiblicher Logik die ganze Schuld auf den Mann. Sie fand keinen Unterschied zwischen Liebe und Sünde, und die Sünde dünkte ihr verächtlich.

Ach, sie hätte so gern den Flitterwochen ein Ende gemacht! Diese fürchterliche Intimität quälte sie entsetzlich! Wie niedrig, wie gemein schien ihr der Mann, dessen höchste Lust in tierischem Empfinden gipfelte.

Würden sie denn nie nach Letzow reisen? Sie sehnte sich nach einem Wirkungskreis – die lange Untätigkeit wirkte ermüdend.

»Ist das nicht herrlich?« flüsterte Eitel und drückte ihre Hand, »welch wunderbare Sonnentage gewährt uns das Leben, und wir klagen noch über trübe Zeiten!«

»Ach, wir Deutschen sind an gedämpfte Lichter gewöhnt,« sagte Marga und erhob sich, »wohin der reiche Sonnenglanz führt, sieht man hier deutlich – Müssiggang und Betteln, Faulheit und Laster finden hier guten Nährboden!«

»Aber Liebling!« (O, wie sie es hasste, »Liebling«, »Schatz«, »Kind« genannt zu werden! Es lag eine Art Mitleid in diesen Koseworten, welche sie irritierte.) »Liebling! Du darfst die Bevölkerung eines von Fremden ganz umgewandelten Ortes nicht als Landestypus auffassen – überhaupt nicht alles so tragisch nehmen! Dass die Leute hier betteln, ist nicht verwunderlich; sie sehen, wieviel Geld für – ihrem Begriff nach – absolut Unnötiges ausgegeben wird; nun, wenn einer Geld bekommen kann, indem er bloss die Hand ausstreckt, wäre es töricht, sich überflüssige Anstrengungen zu machen. Das italienische. Volk ist ein Kind, seine Mutter ist die lachende Sonne, sein Vater die majestätische Vergangenheit. Das sagte ich dir schon in Rom, welches du für ein geschmacklos aufgeputztes Grabmal über einem Weltensarg erklärtest. Du musst von der Zeit nicht mehr verlangen, als sie geben kann, Marga. Welten vergehen oder verwandeln sich, der Mensch nur bleibt sich gleich!«

»Wenigstens der Mann.«

»Die Frau auch, Liebling – neben Messalinen glänzen stets Arrias, ja – die Tugend empfängt stets ihren Heiligenschein durch das Laster.«

»Aber das Ideal der Seele wächst mit der Menschwerdung.«

»Das Ideal! Liebes Kind, das Ideal der Welt- und Volksseele heisst: Sattwerden, und du kannst mir glauben, dass es nur auf den Zweck, nicht auf die Mittel ankommt!«

Margaret machte eine unwillige Bewegung.

Eine Ungeduld hatte sie ergriffen, sie hasste all diese Wortvergeudung und Weltentheorie; ob sie den blühenden Park durchschritt, an dessen Tor ein elendes Bettelweib mit einem wachsbleichen Brustkind kauerte oder an der üppigen Tafel sass, wo hyperelegante exotische Damen leidenschaftlich flirteten – überall trat ihr die Erniedrigung des Weibes entgegen. Gestern hatte sich sogar die blonde Wäschebeschliesserin des Hotels aufgehängt, des Zimmerkellners wegen, eines internationalen, typischen, geschniegelten Trinkgelddieners! Trotz allen Vertuschens erfuhr man es doch, und mit Ekel sah Marga die eitle Miene des Bevorzugten und die erregten, schauerlich-sehnsüchtigen Blicke des weiblichen Personals.

War es denn in allen Rangstufen dasselbe?

Ihre Blicke fielen auf Eitels schöne leidenschaftliche Züge – liebte er sie nicht bloss, weil sie widerstand?

Wahrlich, es lohnte der Probe.

Eitel sass auf dem Balkon des Wohnzimmers; ihm, dem begeisterten Naturschwärmer, bot jeder Sonnenuntergang neue Wunder: er schwelgte in den zitternden Reflexen des Wassers, in den dunklen Umrissen der Isola bella, in dem flügelgleichen Schimmer eines Segels, in jedem seelenberauschenden Lufthauch. Margas absolut kritischer Standpunkt tat ihm oft leid. Welch reiner Genuss! entgeht dem, welcher Naturschönheiten nicht versteht Und so etwas lässt sich nicht lernen.

Es schien ihm ein Ideal, Arm in Arm mit dem geliebtesten Wesen die Herrlichkeiten der Welt zu gemessen, denn der Mann fühlt sich Schöpfer genug, um die Wonnen der Schöpfung zu kosten.

Leise näherte sich Marga.

PALLANZA
LAGO MAGGIORE

Sie schlang, hinter ihm stehend, ihre Arme um seinen Hals und küsste ihn auf die Stirn.

Diese erste freiwillige Liebkosung durchzuckte Eitel wie ein elektrischer Schlag; er bog sich zurück und umfasste die schlanke Taille der Geliebten.

»Marga! Liebling! Mein ein und alles! Wie glücklich machst du mich!«

Aber das war es nicht, was sie gewollt. Seufzend liess sie seine leidenschaftlichen Küsse über sich ergehen.

»Schau, ein Boot aus Luino,« sagte Eitel und blickte nach dem weissen Leinendach, das sich wie eine weisse Taube auf dem See wiegte, »wenn ich mich nicht irre, sitzt dein hübscher Dottore darin – natürlich ist er's, mein Gott, er wird ins Wasser fallen vor lauter Winken und Grüssen. Sieh nur, wie er sich gebärdet!«

Es war in der Tat ein komisches Bild, den jungen Doktor Sonzogno sich weit unter dem Sonnendach hervorbeugen, lebhaft grüssen und dabei mehrere Male auf die anderen Insassen des Bootes deuten zu sehen.

Sie kannten ihn von der Table d'hote her, und Margarethe hatte eines Tages bei seinem Anblick ihren Gatten auf das vollendet schöne Gesicht aufmerksam gemacht, wobei sie ahnungslos, dass der betreffende deutsch verstehe, ihre Stimme nicht allzu sehr dämpfte.

Die Folge war, dass der junge Dottore sich den Herrschaften vorstellte und sein prächtiges Römerhaupt der Signora für ihr Skizzenbuch anbot, »auch für Wasser und Oel«. Er war ganz enttäuscht, als sie ihre völlige Talentlosigkeit zugestand, aber die Bekanntschaft war doch gemacht, und der junge Mann verehrte die schöne kühle Deutsche sehr wegen ihres guten Geschmackes.

»Sieh doch, Eitel – die Damen,« rief Marga plötzlich, »das ist ja Mrs. Barnes und – wahrhaftig! Dolly!«

Sie waren es wirklich. Nach ihnen stieg noch ein Herr aus der Gondel, dessen höflicher Abschied in Dollys Antlitz eine tiefe Röte aufsteigen liess.

»O, nur eine Reisebekanntschaft,« antwortete sie auf Margas Frage. »Wie, der Herr gehört nicht zu ihnen, Signora?« rief der junge Italiener entzückt, »und ich dachte – Ich hörte die Damen Ihren Namen aussprechen,« wandte er sich an Marga, »und dieser Herr dort sagte: »Wie, ist denn Herr von Seyblitz verheiratet?« Worauf die Dame –« er neigte sich zu Dolly, »sagte: »Gewiss.« Und ich glaubte, er sei Ihr Verwandter oder Bräutigam, weil Sie so lebhaft mit ihm sprachen.«

Dolly lachte errötend, und Marga fand es etwas empörend, dass der Dottore mit klingendem Spiel zu ihrer hübschen Freundin überging.

Merkwürdig, wie rasch man sich an allerlei Ansprüche gewöhnt! Marga von Letzow hatte in Berlin niemals danach gefragt, ob man ihr wohlgefällig oder – gar nicht nachschaute. Freifrau von Seyblitz aber, welcher ein verliebter Gatte täglich sagte, wie schön sie sei, empfand es störend, dass ein harmloser Verehrer sie verliess!

Sie hatte jedoch die Genugtuung, dass der wankelmütige Dottore »kaltgestellt wurde« von Dolly, sobald jener andere Reisegefährte erschien und sich als Rittmeister Kringsfeld, einem früheren Regimentskameraden ihres Gatten entpuppte.

Aber trotz Dollys Anwesenheit und den fröhlichen Ausflügen, welche die ganze Gesellschaft nun unternahm, sehnte Marga sich fort aus der Herrlichkeit des Südens; wie ein Heimweh überkam es sie oft, sie, die Heimatlose, und eines Abends, als sie hinüberfuhren nach Santa Catherina del Sasso, deren Kirchlein wie ein Nestchen voll frommen Glaubens an der Steinwand hängt, sagte sie leise: »Lass uns heimkehren, Eitel! Sieh, ich habe nie das Wohlgefühl einer Heimat gehabt, ich sehne mich, endlich einmal sagen zu können: hier bin ich zu Hause! Warum enthältst du mir dies solange vor?«

»Mein Lieb, warum hast du mir dies nicht früher gesagt?« rief Eitel, gerührt durch die ungewohnte Weichheit der Stimme, »wie konnte ich ahnen, dass du in dieser Blütenpracht dich nach unserem schattigen Wohnsitz sehnst? Wir werden sofort die Rückreise antreten; dein Heim wird bereit sein, dich traulich zu empfangen.« Und zu Dollys grosser Enttäuschung reisten Eitel und Margaret nach zwei Tagen ab, obgleich die junge Engländerin sie herzlich bat, noch einige Wochen zuzugeben.

»Liebste! lass uns nur eine kurze Zeit diese sonnige Gegenwart gemeinsam gemessen! Wer weiss, wann wir uns wieder zusammenfinden!«

Aber Marga sagte mit seltsamem Lächeln: »Ich sehne mich nach der Zukunft, Dolly, und kann es kaum erwarten, ihr entgegenzufahren!«

Margarethe hatte keinerlei Erinnerung an ihr Geburtshaus. War sie doch kaum vier Jahre alt gewesen, als ihre arme Mutter dem neuen Majoratsherrn den Besitz übergeben musste und nach Berlin übersiedelte, wo sie sich kärglich durchschlug.

Ihr verstorbener Vater hatte in keiner Weise für Frau und Kind gesorgt – mein Gott, wie sollte er mit seiner Lebenskraft und

Lebenslust an den Tod denken! Das Majorat trug reiche Einkünfte, und er würde doch selbstverständlich noch einen Sohn haben.

Er war von unverwüstlich heiterem Temperament: jeder Tag schien ihm sonnig, und die Zukunft lachte ihm wie die Gegenwart.

Aber eines Tages brachte man ihn auf einer Bahre nach Hause – die lachenden Augen gebrochen, der frohe Mund für immer geschlossen: er war vom Pferd gestürzt und geschleift worden.

Drei Tage später schloss sich die Familiengruft über dem letzten Freiherrn von Letzow, und das Majorat fiel an eine entfernte Seitenlinie, an die edlen Herren von Seyblitz auf Dösen. Der neue Majoratsherr hatte eine grosse Familie, und wenn er auch der Witwe freundlich eine kleine Wohnung im Seitenbau anbot, so bereitete es ihm doch keinen Schmerz, als dies Anerbieten abgelehnt wurde.

Nun zog Margarethe nach achtzehn Jahren wieder in Letzow ein.

»Siehst du, nun trittst du doch das Erbe deines Vaters an,« sagte Eitel und zog sie an sich, »denn wenn du ein Junge gewesen wärst «

»Ja, das ist wieder ein Beweis für die schreiende Ungerechtigkeit in der Welt,« meinte Marga, »nur auf dem Umweg der Heirat gelange ich in den Besitz meines eigenen Vaters! Wie schön ist es doch hier!«

Es war in der Tat ein sehr schönes Besitz: das grosse Herrenhaus lag inmitten eines herrlichen Parkes, dessen sorgsam gepflegte Rasenplätze und prächtige Baumgruppen den englischen Geschmack verrieten. Der Bau selbst mit den weit ausladenden Seitenflügeln zeigte keinen besonderen Stil; jeder Besitzer schien irgend etwas daran »verbessert« zu haben: zwei zierliche Rundtürmchen mit Säulen- und Statuenschmuck erhoben sich völlig unmotiviert von dem schlichten Bau, der linke Flügel, welcher die Fremdenzimmer beherbergte, zeigte eine Schweizer Holzgalerie, die höchstens im Sommer, rebenumlaubt, einen anmutigen Anblick bot, – stattlich und schön war eigentlich nur die vor der Front angebaute Säulenhalle, die, einem griechischen Tempel gleich, imposant wirkte und einen wundervollen Aufenthalt gewährte.

Kam man von der breiten Kastanienallee, so hatte man diese Säulen-Terrasse direkt vor sich, während alte, dichte Bäume den übrigen Bau verbargen und aus dem Hintergrund des Laubgewirrs nur die Statuen der Türmchen lugten.

Deshalb hatte Eitel seiner Frau das neue Heim zuerst von der schönsten Seite zeigen wollen; er liess den Wagen halten, und sie schritten die breite Allee entlang.

Margarethe umfasste mit weitem Blick den herrlichen Park, die vornehme Ruhe – ein wohliges Heimgefühl überkam sie, die Heimatlose. Hier durfte sie ausruhen, hier der hehren Zukunft harren – hier würde sie erfahren, was der Zweck des Lebens eigentlich sei.

In einem unwillkürlichen Gefühl der Dankbarkeit drückte sie Eitels Hand, und er blickte voll Liebe in ihre Augen.

»Bist du glücklich, Liebling? Liebst du mich?«

»Ich bin dir so dankbar für deine Liebe,« sagte sie warm, aber er hatte eine andere Antwort erwartet und seufzte leise.

Währenddessen standen an der Einfahrt Verwalter und Dienerschaft, Inspektor und Hausbeamte und harrten erwartungsvoll der Ankunft. Der Verwalter überhörte sich im Innern fortwährend die schwungvolle Anrede, das Töchterchen des Gärtners presste das heisse Händchen so krampfhaft um die Blumen, dass sie welkend die Köpfe hingen, und die Dorfjugend, die sauber gewaschen, mit ölglänzenden Köpfen in Reih' und Glied stand, begrüsste den leeren Wagen mit einem dröhnenden »Hurra!«

Im Hause selbst durchschritt Octavia Monetti noch einmal alle Räume mit prüfenden Blicken. Eitel hatte sie, um Margarethen Freude zu machen, gebeten, die Einrichtung und Dekoration der Wohnung zu übernehmen, und sie hatte gern eingewilligt. Ihr ausgesprochen künstlerischer Sinn befähigte sie, aus jedem Raum ein wohliges Heim zu schaffen, besonders wo ihr so reiche Mittel zu Gebote standen wie auf Letzow. Sie schwelgte in den wundervollen alten Schnitzereien, und das Speisezimmer, die Bibliothek wie die geräumige Halle zeigten ein ebenso stilvolles wie wohnliches Gepräge, während für Margarethes Gemächer ausschliesslich der moderne Geschmack ausschlaggebend gewesen war.

Gerade ordnete sie die Blumen des Speisetisches noch einmal, als das erwartete Ehepaar eintrat.

»Mein Gott! Ich habe aber doch weder Musik noch Gesang gehört!« rief sie erstaunt und vergass beinahe den Willkommsgruss.

»Wieso? Sollten wir singend ankommen?« lachte Margarethe und küsste die Freundin auf beide Wangen.

»Nein, aber angesungen werden,« rief Eitel, »wir sind die Kastanienallee heraufgekommen, ich wollte nicht, dass Marga die hässliche Einfahrt zuerst sehen sollte, und nun haben wir den schönen Empfang versäumt! Das ist herrlich!«

»Aber die armen Leute,« meinte Octavia.

»Die können ihre schönen Sachen immer noch loswerden,« meinte er gleichmütig.

»Nein, lass uns hingehen,« bat Marga. Ihr, die nicht an zahlreiche Dienerschaft gewöhnt war, schien dieser Empfang etwas Feierliches und Schönes.

»Wie du willst, mein Schatz.« Eitel führte seine Gattin wieder hinaus durch die Parktür, nach dem grossen Tor, wo die ganze Versammlung in ratloser Bestürzung stand.

»Ich geh' enoi,« erklärte gerade die dicke Haushälterin, »wa'mer das Nettche die Rebgickels verbrutzele und die Krokettcher zerfalle lässt, embetier' ich mich mehr, als das ganze Sach wert is.« Damit machte sie energisch Kehrt und verschwand.

»Recht so, Frau Bendemann, sorgen Sie für was Gutes zu essen, damit wir uns nach den Strapazen, die hier unser warten, wieder stärken! – Nu schiesst los, Kinder – aber macht's kurz!«

Erst hielt der Verwalter eine lange Rede, in welcher viel von Margarethes Vater, unter dem er schon gedient, die Rede war, und die mit einem Hoch auf das junge Paar schloss, gerade als man glaubte, er werde auch noch den Grossvater ausgraben. Dann reichte das Kind die zerdrückten Blumen der neuen Herrin, und da es den Vers vergessen hatte, fing es an zu weinen, worauf die Gärtnersfrau herbeistürzte und der jungen Frau zwanzigmal versicherte, dass »'s Resele ewe noch den Vers so schö' gekonnt hätt'! 's is halt durchs Warte schlafsüchtig geworde.« Margarethe nickte freundlich, küsste das Kind und dankte der Mutter. Nun hob der Lehrer den Taktstock, und aus 24 Knabenkehlen schallte ein eigens zu diesem Zweck verfasster »Willkommsgruss«, der besser gemeint als harmonisch war.

Als nun auch der Inspektor mit wichtigem Räuspern vortrat, winkte Eitel entsetzt ab.

»Liebster Krause, wir sind schon so gerührt, dass wir anfangen zu weinen, wenn noch ein Ton gesagt wird, und darauf sind unsere Reisetaschentücher nicht gerichtet. Also Ihren Spruch sagen Sie uns morgen mittag – Sie essen bei uns, nicht wahr? Und, Herr Lehrer, Sie auch, ja? Die Jungens haben morgen frei, uns zu Ehren.«

»Hurra!« brüllten die Bengels vergnügt.

»Und in der Küche liegt ein Fass Wein, da kann sich jeder holen, was er will, aber besauft euch nicht, verstanden? Damit ihr eurer neuen Herrin keine Affen und Kater zum Empfang zeigt.

Lachend gingen die Leute voneinander. Sie liebten den jungen Herrn alle, und – mehr als das: sie achteten ihn und fürchteten ihn auch, denn er kam hinter alle Schliche, und so freigebig er einerseits war, so gewiss liess er sie jeden ungerechten Groschen büssen. »Er hat Schenie!« sagten sie bewundernd.

Aber Eitel Jochen war nicht sehr zufrieden mit der Heimkehr – er hatte sie sich ganz anders vorgestellt.

Am liebsten hätte er seine junge Frau in die Arme genommen und sie hinaufgetragen und sie halbtot geküsst! Was lag an der Begrüssung der Leute und den »verbrutzelten« Rebhühnern! Aber Marga hatte keinerlei Gelüste nach Liebestollheiten: sie freute sich, Octavia wiederzusehen, statt ihre Anwesenheit als eine Störung zu empfinden! Sie verlangte nach dem Empfang der Bediensteten mehr als nach seliger Einsamkeit.

Und doch war dies Verlangen nach äusserem Zwang in Margarethes bisherigem Leben begründet. Sie, die früh gewöhnt war, Gefühle und Gedanken in sich zu verschliessen und zu verarbeiten, empfand die teilnahmsfrohe, empfindungsreiche Natur ihres Gatten als ein Uebermass, dem sie nicht gern stand hielt.

»Treibe doch nicht solchen Luxus mit Gefühlen,« sagte sie ihm oft, und ganz leise klang manchmal eine Art Geringschätzung durch ihre Worte, die ihm früher auch schon aufgefallen, als er noch um sie warb.

Diese Missstimmung schwand aber, als sie in dem schönen traulichen Speisezimmer sassen. Entzückt sah Eitel sich in dem umgestalteten Räume um und sagte Octavia freundliche Worte der Anerkennung.

»Sie sind wirklich eine Künstlerin, Miss Monetti. Man denke, was ein Dekorateur aus diesen antiken Sachen gemacht hätte! Womöglich »stilgerechte« Portieren und Firlefanz über die Schnitzereien gehängt. Wie wohltuend ist dieser rötlichbraune Lederton und dieser Lüster – wo haben Sie den aufgetrieben? Die elektrischen Kerzen sehen aus wie Wachslichte – wer hat den prächtigen mattgelben Schimmer gemacht? Gott, früher hing hier ein »hochmoderner« Gaslüster mit fürchterlichen Glocken.«

»Der ist im Vorzimmer,« sagte Octavia lächelnd, aber die fürchterlichen Glocken haben sich in moderne Tulpen umge-wandelt.«

Margarete blieb ziemlich schweigsam. Selbst als später Octavia sie um Erlaubnis bat, ihnen die neuen Räume zeigen zu dürfen und sie dann durch das festlich erleuchtete Haus wanderten, dessen Zimmer miteinander an raffiniertem Luxus und künstlerischer Schönheit wetteiferten.

Eitel Jochen war aufrichtig entzückt. Er kannte sein altes Heim gar nicht wieder. Sein rascher Blick erfasste die sorgsame Verwendung der vorhandenen und die von feinstem Geschmack zeugende Ergänzung mit neuen Sachen.

»Ich glaube, Herr Baron, Sie ahnten Ihren eigenen Reichtum nicht,« meinte Octavia, als Eitel in der Bibliothek die durchweg geschnitzten oder eingelegten Regalprofile bewunderte; ich habe auf den Bodenkammern, in den Fremdenzimmern, ja in der alten halb verfallenen Grabkapelle Schätze entdeckt! Schätze! sage ich Ihnen, deren Kostbarkeit mich begeisterte! O, ich habe ordentlich geschwelgt in den herrlichen Altertümern! Für die Zimmer ihrer Gattin fand ich allerdings ausser den Riesenspiegeln nichts Verwendbares. So hielt ich mich an die Moderne. Nur muss ich dabei für meine Eigenmächtigkeit Abbitte tun, die Ihnen erst morgen, am Tage, kund werden wird, sei es durch eigene Anschauung, sei es durch die Klage des Gärtners: ich korrigierte nämlich die Aussicht von Margarets Boudoir, indem ich im Park zwei düstere Tannen fällen und an ihrer Stelle eine Rosenlaube errichten liess!«

»Grossartig!« rief Eitel staunend und betrachtete das kleine unscheinbare Persönchen kopfschüttelnd, »ich hätte nie geglaubt, dass man aus einem Beruf eine solche intensive Kunst machen könnte! Sie belehren mich aber wirklich eines besseren – denn Ihnen muss doch Ihre Kunst, die Sie als Beruf ausüben, völlig in Fleisch und Blut übergegangen sein.«

Zum ersten Male an diesem Abend sah Octavia auf, und Eitel erschrak fast vor diesen tiefen dunklen Augen.

»Das wundert Sie, Herr Baron? Ist es nicht eigentlich selbstverständlich, dass jeder Mensch seinen Beruf mit Leib und Seele erfasst? Oder scheint Ihnen das bloss bei einer Frau so erstaunlich?«

»Aber, bitte! Nichts lag mir ferner, als den Wert der Frauenarbeit vermindern zu wollen!«

Octavia lächelte und senkte die Lider. »Und doch – nicht wahr, wenn ein Weib für seine Liebe duldet und stirbt, so wundert man sich nicht, ebensowenig, wenn es dasselbe für sein Kind tut. Das ist eben der Beruf der Frau: Mann und Kind, Liebe und Mutterschaft – darin wird ihr Genie als selbstverständlich angenommen! Warum soll sie nicht auch Talent zu etwas anderem haben? Talent zu einem männlichen Beruf zum Beispiel?«

»Gewiss, warum nicht? Dies Recht streitet wohl niemand ab,« sagte Eitel rasch; ihm waren derartige Reden ein Greuel. Konnten diese emanzipierten Frauen denn nicht ihre Arbeit verrichten, ohne Reden zu halten? Aber darin nahmen sie es mit den altmodischsten Waschweibern auf.

Vor dieser rabiaten Dekorateurin musste er Marga unbedingt in Sicherheit bringen. Nach der Abrechnung würde sie hoffentlich recht bald ein neues Feld ihrer Tätigkeit suchen – empfehlen konnte er sie ja überall hin mit bestem Gewissen!

»Warum so still, Liebling?« frug er leise und legte den Arm um die Schultern seiner Gattin.

Margaret stand und blickte durch die blendend helle Zimmerflucht – von dem hochbeinigen »Jugend«-Boudoir in den vornehmen Empire-Salon, von dem englischen Herrenzimmer in das orientalische Rauch-Kabinett – von den leuchtenden Marmorstatuen zu den Bronzen und Gemälden. Dann sagte sie langsam: »Mich drückt der Luxus, Eitel! Mir ist, als gehörte ich nicht hierher! Wie eine Sünde scheint es mir, dass in diesen Räumen ein enormes Kapital brach liegt, während draussen tausende von Menschen hungern oder Verbrecher werden um des täglichen Brotes willen.«

»Marga!! Andere Worte hoffte ich von dir zu hören beim Anblick des neuen Heims! Wusstest du nicht, dass du einen reichen Gatten gewählt? Oder glaubtest du, er solle eines Zukunftproblems halber sich nun aller Güter entledigen? Bedenke, mein Kind, dass der Reichtum nicht bloss Freude gewährt, sondern auch Verpflichtungen auferlegt. Dieser Luxus hat vielen Arbeitern und Künstlern zu ihrem täglichen Brot verholten – und von Letzow ist noch keiner hungernd weggezogen, der arbeiten wollte. Nicht umsonst heisst es: was du ererbt von deinen Vätern hast, erwirb es, um es zu besitzen! Jeder »Besitz« schliesst ein »Erwerben« in sich, das heisst eine rastlose Arbeit ihn nicht nur zu erhalten, sondern auch zu vergrössern und zu verschönern. Denn ein Majorat gehört nicht dem momentan Besitzenden, sondern auch seinem Nachfolger. Doch ich ereifere mich töricht – verzeih! Aber – Marga! Kannst du denn gar nicht einmal bloss Mensch, geniessender Mensch sein, ohne Verbesserungsideen und Zukunftsträume?«

Seine offenen männlichen Züge drückten solche Niedergeschlagenheit aus, dass Margaret Bedauern empfand, ihm die Freude verdorben zu haben.

»Vergib,« sagte sie herzlich, »ich werde mir Mühe geben –« dich ganz zu verstehen, wollte sie sagen, aber ihr Blick fiel auf Octavia, die sich abgewendet hatte und eigentümlich lächelte, – »mich an alles das zu gewöhnen,« schloss sie, und diese Worte verwischten den erkältenden Eindruck nicht.

Eitel Jochens Hoffnung, dass Octavia Monetti sich nun verabschieden werde, erfüllte sich nicht. Margarethe wollte absolut nichts von einer Abreise wissen; die kleine Dekorateurin wehrte sich anfangs zwar ziemlich energisch, den Störenfried in der jungen Ehe zu spielen, als jedoch Margas Befinden sich verschlechterte und sie unter allerlei Launen litt, fügte sich die Freundin und versprach zu bleiben, bis sich ihr eine neue Tätigkeit bieten würde.

Es lag aber noch eine tiefere Ursache Margas Bitte zu Grunde: sie scheute sich vor dem Alleinsein mit ihrem Gatten. Ein gewisses Schuldbewusstsein drückte sie ihm gegenüber. Er war so herzlich und gemütvoll, und sie fürchtete, wider ihren Willen aus der Empfindungskälte herausgerissen zu werden. Octavias Anwesenheit bildete eine angenehme Scheidewand und liess sie niemals ihre ›erhabenen Pläne‹ vergessen.

Ausserdem hatte sich herausgestellt, dass die Herrin von Letzow eigentlich recht wenig zu tun fand. Von der Wirtschaft selbst merkte man im Herrenhause nichts, und der Haushalt bedurfte sehr spärlicher Veränderungen.

Margarethe versuchte anfangs, das Küchendepartement an Frau Bendemanns Stelle zu übernehmen, aber sie sah bald ein, dass ihre Grossstadtkenntnisse dafür nicht ausreichten.

So hüllte sie sich desto dichter in ihre Träume ein, bis eines Morgens der Schrei ihres Kindes sie aufrüttelte und ihr die Gegenwart zum Bewusstsein brachte.

Das ganze Schloss verwandelte sich von nun an in eine grosse Kinderstube, allwo der Hausherr nur »geduldet« wurde.

Eitel ertrug dies anfangs mit gutem Humor. Er verdoppelte seine Tätigkeit und war fast den ganzen Tag im Sattel. Er reiste auch öfter nach der Residenz, freilich nicht, ohne einen langen Zettel notwendiger Besorgungen mitzubekommen; seine Abwesenheit störte niemand zu Hause – im Gegenteil! Marga freute sich, dann weniger Zeit bei Tisch zu brauchen und Baby nicht zwei lange Stunden verlassen zu müssen.

Als Tante Leo zur Taufe kam, war sie entsetzt.

»Das ist ja eine heillose Wirtschaft, mein liebes Kind! Was fällt dir ein, deinem Gatten solch ungemütliches Heim zu bereiten? Immer sitzt er allein – niemand empfängt ihn, wenn er kommt, niemand hat Zeit für seine Interessen. Ja, ist er eigentlich verheiratet oder nicht?«

»Aber liebe Tante, Baby geht doch vor! Ein erwachsener Mensch kann für sich selbst sorgen.«

»So? Ich meine, für ein zehn Wochen altes Kind kann eine Wartefrau sorgen, gerade so gut oder noch besser wie du. Vergiss mal nicht, dass du Gattin bist, nicht bloss Mutter!«

Marga zuckte die Achseln. »Das letztere ist wichtiger wie das erste.«

»Da bist du im Irrtum. Die Mutterschaft ist zwar notwendig zur Erhaltung des Menschengeschlechtes, die Ehe aber die Grundlage der Welt, weil sie »die Familie« schafft. Und wie du wohl weisst, hängt das ganze Welt-Entwickelungssystem von der ältesten Religion bis zur Darwinschen Affenlehre eng mit der Familie zusammen. Jeder Mensch ist und lebt nur das, was er von seiner Familie empfängt. Danach richte dich gefälligst, wenn dein Sohn etwas Hervorragendes werden soll!«

Eine feine Röte überzog das Antlitz der jungen Frau; ihr Denken war reif genug, um Tante Leos Worte für richtig zu befinden, und das beschämende Bewusstsein überfiel sie, dass sie die anderthalb Jahre ihrer Ehe eigentlich in dumpfem Dahinbrüten verbracht hatte. Rasch, als müsste sie dies Versäumnis wieder einholen, stand sie auf und folgte der Tante nach der Bibliothek, wo Eitel Bücher ordnete. Der stattliche Reichtum der hohen Regale war sein Stolz, und er gab Unsummen aus, um alte seltene Werke zu verständigen und »unerschwingliche« Exemplare in seinen Besitz zu bringen. Ueber manche einsame Stunde half ihm diese Liebhaberei hinweg.

Marga hatte bis jetzt kein Verständnis dafür gezeigt. Ihr waren Bücher ein Greuel – Bücherweisheit etwas Irreführendes, wie sie sehr bestimmt sagte.

So fand Eitel sich mit Octavias Hilfe ab, die ihm freundlich zur Hand ging und sich an einzelnen schönen, wertvollen Einbänden freute.

»Ich werde wohl an einen richtigen Katalog denken müssen,« sagte Eitel gerade, denn das dritte Tausend ist beinahe erreicht, das alte Verzeichnis stimmt nicht mehr, ist auch nie übersichtlich geführt worden.«

»Nun, da kommt Marga ja gerade recht, dir beistehen zu können,« meinte Tante Leo gut gelaunt, »sie findet nachgerade die Kinderstubenluft etwas ermüdend und meinte, sie wolle sich nun mal der allgemeinen Gemütlichkeit widmen. Weiss Gott, Kinder, ich bin schon vier Tage hier und habe noch keinen traulichen Familienabend genossen. Den ersten Abend starb ich vor Müdigkeit von der Reise, den zweiten war die Taufe, bei der man vor Feierlichkeit einen Gähnkrampf riskierte, und die übrige Zeit verschwand Marga im Zimmer ihres Sohnes, und Eitel bemühte sich, mich zu unterhalten, während er sich selbst langweilte. Er kam mir gerade vor wie ich in meinem eigenen Berliner drawing-room, wenn ich Pensionäre unterhalten muss, während in der Küche der Braten anbrennt.«

»Da schau mal einer!« rief Eitel lachend, »ich glaubte Sie durch mein Rednertalent entzückt zu haben! Aber die Grossstädterinnen sind eben zu verwöhnt!«

»Hast du denn jetzt eine gute »Stütze?« frug Margarethe ablenkend, während sich alle um den grossen Marmorkamin gruppierten.

»Und ob! Ein Prachtmädel, meine Liebe! Was anderes wie dich, nimm mir's nicht übel! Aber dies kleine Frauenzimmer, das voriges Jahr seinen Dr. phil. gemacht hat, ist eine unbezahlbare Acquisition. Sie empfängt die Gäste und führt den Haushalt - sie spricht neugriechisch und russisch, lateinisch und hebräisch, und kocht mit Wonne!«

»Das ist ja ein Phänomen!«

»Ist sie auch - eine richtige Mischung von Kopf und Herz. Verlobt mit einem sehr knapp gestellten Dozenten, sucht sie sich zu ihren wirklich aussergewöhnlichen Kenntnissen auch noch die des Alltags anzueignen; denn sobald er eine Professur erlangt, wollen sie heiraten. Siehst du, da lasse ich die Studiererei gelten: beide haben denselben Beruf und dieselben Interessen. Beide aber doch denselben klaren Blick für's Leben und seine Forderungen.«

»Wie begeistert du bist, Tante Leo!«

»Ich habe wohl Grund dazu, mein Kind. Von diesem Mädchen ist trotz aller Gelehrsamkeit nicht zu erwarten, dass es die Häuslichkeit vernachlässigt, und die Familie, welche dies Paar gründet, wird dem modernen Staat eine Stütze sein!«

»Ach, ich möchte aber keinen weiblichen Doktor zur Gattin haben,«
meinte Eitel und streichelte Margas Hand.

»Nach Miss Leocadies Worten müsste Margarethe National-
ökonomie studiert haben,« sagte Octavia.

Die alte Dame warf einen wenig liebevollen Blick auf die Sprecherin.

»Zu studieren braucht meines Erachtens keine Frau. Aber lernen,
viel lernen soll sie, dass sie im Kreise der Männer nicht wie ein
Stockfisch dasitzt. Es ist viel leichter, sich auf ein Spezialfach zu
werfen, als eine umfassende Geistesbildung zu erobern. Unsere
Mädchenschulen müssten bloss deshalb den Gymnasial-Unterricht
einführen, dass die Bildungsgrundlage der Geschlechter eine
gleiche ist – der fernere Ausbau bleibt dann den Fähigkeiten und
den äusseren Verhältnissen überlassen. Alle Welt schreit Zeter,
wenn ein sogenannt gebildeter Mann ein ungebildetes Mädchen
heiratet, und tut, als ob alles bloss von dem bisschen Literatur- und
Sprach-Unterricht abhinge! Dabei ist auch die beste weibliche
Bildung so von Grund aus verschieden mit der männlichen, dass ein
paar einzelne Fächer nicht viel ausmachen.«

»Nun, zu dieser Gleichheitsstufe sind wir doch auf dem besten
Wege,« sagte Eitel.

»Ja, aber die Hauptsache bleibt immer, dass wir ein neues
Geschlecht erzielen« – meinte Marga.

»Und wenn es, an den Scheideweg gestellt, doch wieder die alte
Bahn betritt, die seit Jahrtausenden gewählt worden?« frug Eitel.

»Es darf eben nur einen Weg offen finden!«

»O, dann bahnt es sich selbst andere, neue – die Mühe lockt den
Schaffenden. – Der allzu grosse Segen des Paradieses trieb die
Bewohner nach unwirtlichen Gegenden.« –

»Und noch etwas, Margarethe – wenn ihr den neuen Menschen
allein und rein in die Welt stellt, vergesst die Religion nicht!«

»O, Tante Leo!«

»Ja, mein Kind. Gebt ihr ihm keine, schafft er sich selbst eine. Denke
an das, was die Geschichte lehrt: jedes neue Volk, das den
Schauplatz betritt, bringt seine Religion mit, die es unter Kampf
und Opfer den Besiegten aufzwingt. Wo kein Gott, da gibt es
Götzen!«

»Ich staune,« sagte Octavia mit ihrer melodischen Stimme, »welch tiefe Philosophie sich in den Berliner Fremdenpensionen sammeln lässt.«

»Staunen Sie ruhig weiter, Miss Monetti,« sagte die alte Dame ungerührt, »mir nimmt auch das grösste Staunen meine Ueberzeugung nicht. Ich bin sechzig Jahre alt und habe das Leben kennen gelernt. Wenn man jung ist und sich sehr klug dünkt, dann meint man über den guten lieben Kinderglauben lächeln zu dürfen, weil man in Büchern liest, die Welt sei anders, wie man sie sich vorgestellt. Die Periode macht jeder denkende Mensch mal durch. Aber lassen Sie über diese starken stolzen Denker eine Unglücksstunde kommen – dann hören Sie das aus tiefster Seele schreiende: Herr, hilf mir! – Und all diese modernen Menschen, die über die Religion die Achseln zucken – sie beten nicht mehr zu Gott, aber sie bringen ihren Götzen: Geld und Rang, Ehrgeiz, Titel und Orden mehr Opfer dar, wie die Kirche sie verlangte.«

»Ich wette, Miss Leo, Sie bringen die Schlossfrau von Letzow noch dazu, ihren altehrwürdigen Platz in der Dorfkirche wieder einzunehmen,« meinte Octavia.

»Es wäre schlimm, wenn sie dies bisher noch nicht getan. Marga, mein Kind, du wirst Eitel doch nicht allein in die Kirche gehen lassen?«

»Aber sicher, Tante. Warum soll ich den Bauern zuliebe, meiner Ueberzeugung untreu werden? Wer Reformen in die Welt bringen will, darf doch nicht weiter in den getadelten Wegen gehen.«

»Sehr schön. Aber ich meine, Reformen müssen von innen, nicht von aussen kommen. Die Dorfbewohner sehen in deinem Fernbleiben nur eine Missachtung ihres Glaubens, nicht einen

Ueberzeugungsstolz. Sie werden nie Zutrauen zu dir fassen, wenn du ihr religiöses Gefühl verachtest.«

»Das ist richtig,« sagte Eitel ernst. »Unser Pfarrer sprach neulich genau dieselbe Ansicht aus, aber ich bedeutete ihm, dass meine Gattin völlige Freiheit in Denken und Handeln besässe.«

»Na, mein guter Eitel, ich würde an Ihrer Stelle meiner Frau nicht allzuviel nachgeben. Die besten Ehen werden bekanntlich immer die, in welchen das Ehepaar sich anfangs heftig bekämpfte. Nachgeben müssen beide Teile, nicht bloss der eine – hörst du, Marga, du Zukunftsweiblein? Du schwärmtest auch immer für die Pflicht.«

Die junge Frau errötete schuldbewusst. In ihr kämpfte die Erkenntnis, dass Tante Leo in vielen recht habe mit dem Hochmut des eigenen Denkens. Sie wollte eben keine Durchschnittsgattin werden – sie wollte eine Ausnahmenatur bleiben. Ein Blick in Octavias ruhiges bleiches Gesicht bestärkte sie darin; dies Mädchen hatte den Pfad gefunden, der für ihre Individualität passte und ging ihn unbeirrt. So wollte sie auch den ihrigen schreiten; aber ihrer Pflichten besser eingedenk sein. Das Gute hatte Tante Leos Besuch doch gezeigt.

Margarethe nahm eine Kinderfrau für Herbert und bemühte sich, ihr prächtiges Haus zu einem gemütlichen Heim zu gestalten.

Natürlich wurde es lange nicht so, wie Eitel Jochen einst geträumt – ein trauliches lachendes Glück in leuchtendem Rahmen; Margas kühle Gleichgültigkeit dämpfte jede laute Freude, und sie hatte so wenig Sinn für Luxus und Eleganz.

Aber er war ihr dankbar, dass sie überhaupt den Versuch machte, sich in seinen Ideenkreis einzuleben.

Marga hatte mit Eifer sich des Bibliothekkatalogs angenommen, und ihn in kurzer Zeit so gefördert, dass Eitel staunte.

»Du strengst dich zu sehr an, mein Lieb!« sagte er gerührt, als er wieder ihren schlichten blonden Scheitel über dem grossen Lesetisch schimmern sah. Er kam von seinem Morgenritt, und stand mit Hut und Gerte vor dem offenen Fenster der Bibliothek.

Marga hob den Kopf und nickte ihm zu. Sein frisches männliches Gesicht hob sich so vorteilhaft von dem grünen Laubgewirr, dass es Octavia, die im Hintergrund Bücher sortierte, fast wie ein Schmerz durchzuckte: diese Verkörperung des kraftvollen Lebens strahlte förmlich in ihre Sinne.

»Kommst du auch zurecht?« frug er herzlich, »es gehört solch fabelhafte Geduld dazu. – Ich sollte eigentlich nicht leiden, dass du dir diese Mühe machst!«

»Im Gegenteil, ich hoffe dir Freude damit zu bereiten,« sagte Marga lächelnd, »mir ist's schon eine liebgewordene Pflicht, täglich zwei Stunden daran zu arbeiten.«

Mit einem sausenden Ruck fuhr die Reitpeitsche durch die Luft, und Eitel verliess das Fenster.

Ewig die Pflicht! Darin war seine Frau grossartig. Ihm Freude bereiten, galt ihr auch als Pflicht! Als ob ein einziges herzliches Wort nicht mehr wert gewesen, als stundenlange Arbeit aus Pflichtgefühl! Er sehnte sich darnach, sie ein einzigmal etwas Unvernünftiges, Leidenschaftliches tun zu sehen! Diese ewig gleiche Freundlichkeit war doch zum Verzweifeln!

»Warum quälen Sie Ihren Gatten so, Margaret?« sagte Miss Monetti und beugte sich tief über eine Mappe voll köstlicher Kupferstiche.

Die Angeredete blickte fassungslos erstaunt auf.

»Quälen? Ich? Aber Sie sind von Sinnen, Octavia!«

»Ja, denken Sie denn, es macht Herrn von Seyblitz Freude, wenn Sie ihm aus Pflichtgefühl zulächeln?«

»Nun, ich dächte doch –«

»Aber er will Liebe, my dear – er wird erfrieren bei diesem kalten Wind der Pflicht. Nehmen Sie sich in acht.«

»Ich bitte Sie, Octavia! Welche Idee! Mein Mann hat von Anbeginn meine Art und meinen Charakter gekannt.«

Allerdings; Sie sind sich merkwürdig treu geblieben. Genau wie eben jetzt sahen Sie an jenem Abend im Ladies' Klub aus, und ich wette, Ihre Gefühle haben sich seit damals ebensowenig geändert.«

Es lag ein leiser ironischer Hauch in ihren Worten, aber Marga überhörte ihn. Sie beschäftigte sich bereits mit etwas anderem.

»Ich möchte reiten lernen, Eitel,« sagte sie, als sie ihren Gatten im Schlafzimmer vor dem grossen Spiegel fand.

Er drehte sich rasch um und musterte sie mit gerunzelten Brauen, während er seinen buschigen Schnurrbart in die Höhe strich.

»Reiten? Auch, um mir Freude zu machen, was?«

»Ja, auch das,« sagte sie harmlos, »ich möchte doch gern mit dir durch die Felder reiten, und ich halte es –«

»Hältst es für deine Pflicht als Gutsherrin? O, Marga!« er trat dicht an sie heran und legte beide Hände auf ihre Schultern, »kannst du mir denn gar nichts zuliebe tun, ohne dass es durchaus Pflicht sein muss?«

Sie wand sich unbehaglich unter seinem Griff und Blick.

»Ich weiss nicht, Eitel – als deine Gattin kann ich die beiden Begriffe nicht von einander trennen ... Seit Tante Leo mir klar gemacht, wie egoistisch ich die erste Zeit gewesen, bemühe ich mich, dir eine gute Frau zu sein – verzeih, wenn ich es ungeschickt anfange!«

Er zog sie an sich. »Liebling! Marga! Liebst du mich denn nur ein wenig?«

»Ich bin dir so dankbar für deine Liebe und – und für alles!« flüsterte sie.

Seufzend liess er sie los.

»Du wirst mich lehren zu reiten?« wiederholte sie bittend.

Er lachte auf. »Aber gewiss. Das ist doch selbstverständlich. Stehen der Letzower Herrin nicht jederzeit die schönsten Pferde zur Verfügung?«

Margarethe hatte sich für das Reiten im Herrensattel entschieden. Sie gehörte zu den Naturen, die nichts halb taten. Da ihr Sohn einmal keinen Unterschied der Geschlechter kennen sollte, solange er von seiner Mutter die ersten Lebenseindrücke empfing, so musste diese eben im wahren Sinne des Wortes »in allen Sätteln« gerecht sein.

Mit einer Art Erbitterung beobachtete Eitel, mit welchem Eifer seine Gattin ihren Reitstudien oblag, und mit welcher Ausdauer sie Tag für Tag – bei jedem Wetter – hinausverlangte.

In knapp sechs Wochen war sie soweit, dass sie den ersten Ritt nach den Feldern wagen konnte, und ihr Pferd geschickt zwischen den zahllosen Erntewagen hindurch führte.

Freilich waren die nun folgenden regelmässigen Spazierritte keine grosse Freude für ihn; denn Marga ging ganz in der »Reitkunst« selbst auf und begehrte – gründlich, wie sie war – andauernd Anleitung und Belehrung von ihm, so dass von einem ruhigen Genuss der landschaftlichen Szenerie keine Rede sein konnte.

»Ich habe noch nie eine Frau gesehen, die so wenig Sinn für Naturschönheit hat,« sagte Eitel eines Tages etwas ärgerlich, als sie, einen lauschigen Waldweg verlassend, das entzückend gelegene Nachbargut Hergentheim vor sich sahen. Das Schloss – ein äusserst prunk- und geschmackvoller Neubau in Renaissance-Stil lag ein wenig erhöht inmitten herrlicher alter Bäume – die weisse Marmorterrasse der Hauptfront hob sich leuchtend über einer wohlgepflegten, mit riesigen Blumenkörben verzierten Rasenfläche, in deren Mitte eine wundervolle Brunnengruppe im Sprühregen der Fontaine glitzerte.

»Recht hübsch,« meinte Margarethe gleichmütig, und auf die Bemerkung des Gatten antwortete sie ebenso: »Ich weiss nicht, wie es kommt, aber mir sagen solche schönen Landschaften nichts. Warum soll ich Bewunderung heucheln, wo sie mir fern liegt? Bewundern kann ich höchstens einen reichtragenden Fruchtbaum, oder ein saftiges Kleefeld. Ein Pfluggespan kräftiger Ochsen scheint mir schöner wie eine elegante Equipage, und eine Schnitterin interessanter wie eine Prima-Ballerina. Ich kann nichts dazu, aber ich habe nun einmal solche Sympathien.«

»Wenn du immer auf dem Lande gelebt hättest, wären sie jedenfalls gegenteilig,« sagte Eitel, »wenn in der Grossstadt nicht alles Gold ist, was glänzt, so wird auf dem Lande nicht alles Frucht, was blüht. Der Bauer ist im allgemeinen weder sittlicher noch arbeitsamer wie der Stadt-Arbeiter. Aber der Städter beurteilt von seinem Standpunkt so falsch wie der Landmann – Stadtmoral scheidet sich von Bauernmoral ebenso wie die beiderseitige Tätigkeit. Ein Kleefeld mitten in der Stadt verfehlt seinen Zweck ebenso wie ein Kunstwerk, das auf einem Kartoffelacker steht.«

»So schroff wohl nicht – denn in den Vorstadtgärten gibt es manch Gemüsebeet; auf dem Land aber – Gott sei Dank – keine Kunstwerke!«

»Und dies hier?« Eitel deutete mit dem Knopf der Peitsche auf die Marmorgruppe des Springbrunnens.

»O, das ist kein »Land« – das ist ein Dokument von sogenannter Bildung und wirklichen Reichtums, wie das ganze Schloss. Wer wohnt da?«

»Die Hergentheiner – entsinnst du dich nicht? Wir haben Karten abgegeben, die Gräfin war verreist.«

»Ja, ja – wir waren ja überall.«

»Schade, dass du ausser den Holzerns niemand empfangen hast. Freilich, du warst damals leidend.«

»Ach, Eitel – was sollen uns diese Menschen alle! Lass uns doch froh und zufrieden allein leben. Es ist überall friedlich, wo keine modischen und modernen Menschen sind!«

»Meinst du? Du bist doch auch ein sehr moderner Mensch, mein Schatz!« Eitel sah seine Gattin lächelnd an, wie sie, ein einfaches Strohhütchen auf dem schlichten Haarknoten, neben ihm sass, den geteilten Rock in glatten Falten zu beiden Seiten des Sattels herunterhängend, so dass nur die Spitze des Lackstiefels sichtbar war, – in sehr gerader Haltung, ein klein wenig nach hinten gelehnt. Im Reitkleid fand er ihre Vorliebe für absolut glatte, einfarbige Kostüme entzückend distinguiert, aber zu Hause hätte er ein bisschen Spitzengeriesel und frou-frou vorgezogen, welches ihr keuscher Ernst verschmähte.

»Und wirklich, diese Hergentheimer sind liebenswürdige Menschen, deren Umgang uns doch viel Genuss gewähren würde–« Sie ritten um das hohe Gitter des sorgfältig gepflegten Parkes; die Pferdehufe sanken lautlos in den weichen Sand des tadellosen Reitweges. Marga hielt plötzlich inne und bedeutete Eitel zu schweigen. Sie stoppten hinter dichtem Buschwerk; vor ihnen lag ein grosser Tennis-Platz, wo mehrere Spieler eifrig hin und her jagten, während drei sehr elegante Damen in bequemen Rohrstühlen lagerten und unter den rot und weiss gestreiften Schutzdächern heraus gemächlich zuschauten.

»Die mittelste ist die Gräfin – die rotblonde –« flüsterte Eitel.

Die Betreffende war von Kopf bis zu den Füssen buchstäblich in Spitzen gehüllt, und lag wie ein Riesenbaby in dem beweglichen Stuhl.

»Sehen Sie doch, wie Tom herumhupft!« hörten die Lauscher sie rufen, »er hat ja keine Ahnung vom Spiel, dieser Laubfrosch! Wie finden Sie Elses Kostüm? Süss, nicht wahr? O – haben Sie gesehen? Das Flirten versteht Tom besser wie Tennis –«

»Gott, die Füsse von Frau von Heller – Schrecklich! Mit solchen Knöcheln muss man doch auf die kurzen Röcke verzichten –«

»Haben Sie bemerkt, dass Else nur Leinen-Unterröcke trägt, mit simplen Zwirnspitzen? Das ist schofel! Die Mutter natürlich trägt Seide –«

»O, da fällt mir ein, dass vorgestern meine Pariser Sendung gekommen ist,« sagte die Gräfin wieder. »Sie werden staunen – denken Sie, ein hellblau Battistkleid mit echten Alenconspitzen – ein breites Fichu. – Man trägt soviel Spitzen! Als Kragen, als Fichu, als Schärpe n'importe où – nur Spitzen –«

Marga lächelte ihrem Gatten zu. »Und dieser Umgang würde uns grossen Genuss gewähren, meinst du?«

Er zuckte die Achseln und sie ritten langsam weiter.

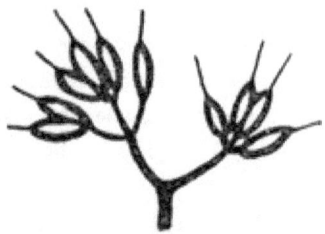

Octavia ward bald darauf in ein neues Schloss der Umgegend gerufen, welches, von einem millionenreichen Parvenü erworben, eine ganz stilgerechte Einrichtung erhalten sollte. Die Empfehlung des Freiherrn von Seyblitz, dieses Vertreters eines alten feudalen Geschlechtes genügte, um die völlige Autorität der Dekorateurin anzuerkennen, und Octavia musste auch das wichtige Amt übernehmen, Herrn und Frau »Meyer von Salzern« (Salzern hiess der Landsitz) in die Geheimnisse der Kunstgeschichte einzuführen, bis sie Stil und Zeit eines jeden ihrer überaus kostbaren Möbel kennen lernten und nichts mehr verwechselten.

Nach Weihnachten begab sich Eitel Jochen für einige Monate nach Berlin und Margarethe begleitete ihn, da sie sich überzeugt hatte, dass ein kaum zweijähriges Kind noch keine »moderne« Erziehung vermisst.

Berlin übte immer einen eigentümlichen Reiz auf den Freiherrn von Letzow. Dieser undefinierbare, aus Kohlendunst und Patschouli, Schweiss und welken Blumen, Alkohol und Asphalt gemischte Duft wirkte auf seine Sinne ein – besonders, wenn er ihn lange entbehrt. Seine schöne frohe Leutnantszeit hatte er in der geliebten Stadt verlebt, und seine lange, geduldige Liebe zu der spröden Cousine ihm dies geschäftige eilende Treiben lieb und wert gemacht! Wie oft war er die Linden entlang gegangen, nach dem Tiergarten, die Tiergartenstrasse weiter, durch die vornehme Hitzigstrasse zum Kurfürstendamm, wo Tante Leos Pension lag – immer in Gedanken an Marga! Inmitten der gleissenden, unverhüllten Sünde und der heuchlerischen, verhüllten Begierde – der aristokratischen Tändelei und der modernen, sogenannten Kameradschaft, hatte er sein Herz verloren an dies herbe, ruhige Mädchen, dessen jungfräuliche Kälte ihm wie ein sicherer Fels in all dem wogenden lockenden Treiben vorkam ...

Zum ersten Male betraten sie nun als Ehepaar die Metropole, und Eitel freute sich, mit seiner Gattin gemeinsam zu geniessen, was Kunst und Lebensfreude darbot. Sie wohnten im Windsor-Hotel, da der Kurfürstendamm für Eitel zu unbequem lag, wie er behauptete – in Wirklichkeit, weil er Marga für sich allein haben wollte, und zuviel Abhaltung durch die Pensionäre einer Familienpension fürchtete. Und Tante Leo machte keine Einwendungen, denn ihre geliebte »Stütze« hatte gerade Urlaub, und sie selbst daher alle Hände voll zu tun.

In Margarethe erweckte das Wiedersehen der geräuschvollen Metropole alle die Empfindungen wieder, die sie schon als Mädchen gehegt: insbesondere den Hass gegen das Laster, das bei Sonne wie bei Unwetter hier hochschiesst und die sonderbarsten Blüten zeitigt.

Worüber Eitel als Mann die Achsel zuckte, wurde ihr zum Ekel. Sie hatte keinen Genuss von der herrlichsten Oper, weil sie an das Los der Choristinnen und Balletteusen dachte – in Ausstellungen und

Vergnügungsorten, wie auf der Strasse verdarb irgend welche zweifelhafte Nachbarschaft ihr Stimmung und Laune.

Eitel, der anfangs über die Erregung lächelte, litt nachgerade empfindlich darunter.

»Aber, Marga,« meinte er ungehalten, »nörgele nicht über die bestehenden Verhältnisse, sondern nimm ruhig hin, was unabänderlich ist. Solange die Welt steht, hat es Laster und Tugend gegeben.«

»Du redest als Mann, der das Laster »Vergnügen« nennt,« sagte Margarethe, »ich vermag es kaum auszudenken, aus welchem Schlamm die reine Frau den Gatten empfängt! Was ihr das höchste, schwerste Liebesopfer, ist ihm frivoles Spiel. – Der Mann beherrscht die Welt (darauf ist er stolz) und kann nicht einmal den Schmutz der Sittlichkeitsstrasse beseitigen.«

»Hoffen wir auf die Zukunft, Marga. Ich verteidige nichts; aber du sollst auch mit den Anklagen vorsichtig sein. Es handelt sich doch nicht um Zustände von heute und gestern, die sich durch den festen Willen einiger weniger beseitigen lassen. Und dann darfst du eines nicht vergessen, Lieb: die Sünde ist nur lockend für den Mann, der nicht das Weib seiner Seele besitzt. – Wer wahrhaft liebt, und geliebt wird, dem kann der Schmutz der Welt nichts anhaben.«

»Und du glaubst, die Ehe sei das Schutzmittel?«

»Die Ehe an und für sich vielleicht nicht. Aber das Ineinander-Einleben zweier Charaktere wird ohne gewissen Zwang nie völlig zu erreichen sein – freilich darf die Liebe nicht fehlen.«

Die junge Frau machte eine ungeduldige Bewegung. »Immer die Liebe –! Liebe! Was nennt ihr Männer denn so? Ein Gefühl, das nach dem Besitz eines reinen Weibes strebt, nachdem ihr zahllose andere–«

»Schweige!« rief Eitel, »du redest unverständig. Was wir in der Jugend fehlen, ist Sache unserer sogenannten männlichen Erziehung. Es ist nicht nur das Weib, an dessen Menschwerdung gefrevelt wird – das wird doch noch rein gehalten. Ein Mann aber muss, um als solcher zu gelten, ein Meer von Ekel durchwaten: Trinken, Rauchen, lasterhaft sein, zählen zu männlichen Tugenden, selbst Roheit wird lieber gesehen wie zartes Empfinden. Wenn wir diese harte Schule durchgemacht, dann sehnen wir uns nach einer reinen Atmosphäre – ertrinken tun nur Schwächlinge in dem Sumpf – und dann, mein Lieb, dann wollen wir ein Weib, das uns ganz gehört, mit Leib und Seele. Deshalb lächle nicht über die Liebe! Ihrer bedarf das Weib fast noch mehr wie der Mann – denn eine Gattin, die den Gatten nicht liebt und doch sein eigen bleibt, ist entweder eine Heilige oder – eine Dirne!«

Die Freifrau von Seyblitz senkte die Lider, während sie die Handschuhe überstreifte.

Wie damals in London, so überkam sie auch jetzt das Gefühl, dass Eitel soviel klarer und richtiger die Gegenwart sah, als sie selbst, die mit beinahe fanatischem Eifer sich der Zukunftshoffnung hingab – und ganz leise und flüchtig machte in ihrem Herzen sich ein Schmerz bemerkbar, ein Schmerz, wie eine Frage nach dem eigenen verlorenen »Heute« –

Aber noch war ihre Zeit nicht gekommen. Noch konnte sie den Glauben an ihre »Mission« nicht mit einfach weiblichem Empfinden vereinen.

Da erhielten sie von Dolly, der jetzigen Frau Rittmeister Kringsheim, die Geburtsanzeige von Zwillingen – zwei Söhnchen, und die Einladung zur Taufe. Margarethe sagte sofort freudig zu. Dolly gehörte zu dem »Bund« – ihre Kinder würden eine Welt-Aufgabe zu erfüllen haben!

Eitel jedoch zog vor, nach Letzow zurückzukehren, womit Marga sehr einverstanden war.

Die Jahreszeit war schon vorgeschritten – die Baumblüte begann, und ein Landwirt kann nicht allzulange von seinem Gut fortbleiben.

Als Eitel Joachim von Seyblitz seinem Heim wieder zufuhr, überwog der Aerger den Trennungsschmerz. Zum erstenmal gestand er sich ein, dass er sich in Margarethes Charakter getäuscht, und eine grosse Dummheit begangen hatte, auf ihre ernste Auffassung der »Frauen-Menschheitspflicht« einzugehen. Er konnte ihr eigentlich keinen Vorwurf machen; sie war sich ja gleich geblieben.

Ihre Kälte, die er an seiner Liebesglut schmelzen wollte, hatte sich dauerhaft genug erwiesen, ihn frösteln zu machen!

Es war seiner tiefen ehrlichen Mannesliebe nicht gelungen, sie vom Wert der Gegenwart zu überzeugen: sie lebte im Tempel der Zukunft, den sie auf den Trümmern der Vergangenheit zu errichten hoffte.

Sie hörte den Klang der Trompeten von Jericho nicht: »kein Stein wird auf dem andern bleiben –«, wenn die Liebe, der einzige haltbare Kitt des Lebens fehlt.

Und wie er so durch die Nacht fuhr und das taktmässige Stampfen der Eisenbahn mit schmerzlichem Gestöhn seine Gedanken begleitete, empfand er es klar: sie hatte der Liebe nicht! Das Weib seines Herzens war nun fast drei Jahre die Seine und er hatte ihre Liebe nicht wecken können!

Sein Mannesstolz litt unsagbar unter diesem Bewusstsein: wie einfach hatte es ihm einst geschienen, einem reinen unerfahrenen Mädchenherzen die Wunder der Liebe zu erschliessen! Sein Empfinden war so ehrlich gewesen, dass er den ursprünglich unlauteren Quell seines Durstes – die Sinnenbegierde – übersehen und nur an gegenseitige Erquickung gedacht – – –

Aber Margaret war gar nicht durstig! Sie schien das blaue Band der Temperenzler auch um ihre Seele geschlungen zu haben!

An der Station erwartete ihn sein Wagen, die beiden prächtigen Jucker stampften ungeduldig mit den Hufen und gaben durch trotziges Mähnenschütteln und Köpfeaneinanderreiben ihren Unmut kund, solange stehen zu müssen.

»Alles in Ordnung, Lachner?«

»Zu Befehl, Herr Baron. Der junge Herr ist munter und läuft im Park umher und Miss Monetti ist gestern angekommen, von Schloss Hergentheim.«

»So. – Na, gut.« Eitel sprang in die Viktoria, Kutscher und Diener auf den Bock. »Los!«

Es war ein gesegnetes Stück Land, welches er da durchfuhr. Ein Land, dem man die Wohlhabenheit, die Sattheit förmlich ansah. Letzow hatte in seiner ganzen Ausdehnung keine unzufriedenen Leute; wenn auch nirgends Verschwendung herrschte, so auch nirgends Not. Einen Riesenkomplex nahm das sogenannte »Altenheim« ein, welches der Majoratsherr zu seiner Verlobung den Seinen gestiftet hatte, und welches aus einem Kranken-, einem Waisenhaus, einer Spiel- und Haushalts-Schule und dem gemütlichen Heim für die gebrechlichen Greise und Greisinnen bestand. Dies Heim war Eitel besonders ans Herz gewachsen; über seinen Plänen hatte er schon als Leutnant gebrütet und sich mit Marga gezankt.

Sie schlug ihm grosse, helle, hohe Räume vor, einen mächtigen Park und schlichte aber moderne Möbel; Eitel jedoch, von der richtigen Voraussetzung ausgehend, dass ein alter Baum kein neues Erdreich verträgt, liess ein äusserlich unscheinbares, nicht sehr hohes, aber breites Gebäude aufführen, mit freundlichen, niedrigen Zimmern, in welchen bequeme Lehnsessel und grosse Oefen die Hauptrolle spielten. Dass die Fenster sehr hoch und luftig, fiel niemand auf, da sie in viele kleine Scheiben geteilt waren – der Bauer liebt die frische Luft, die er draussen den ganzen Tag geniesst, in den Zimmern gar nicht, und Margas Prophezeihung, dass gewiss »niemand in dies Heim wolle, da sie ja alle (selbst im Austragstübchen), ebenso wohnten,« wurde bald zu schänden. Besonders da keinerlei Trennung der Geschlechter stattfand, sondern alte Ehepaare ebenso unterkamen, wie einzelne Leute.

Unwillkürlich blickte Eitel auch heute hinüber nach dem hübschen Haus, von dessen rotem Ziegeldach sich die grünen Glasur-Verzierungen so freundlich abhoben, nach den kleinen abgeteilten Gärtchen, welches jeder Inwohner »ganz zu eigen« besass, so dass auch der grantigste sich alleinhalten konnte; blickte nach dem anschliessenden Waisenhaus-Spielplatz, wo die »Alten« so oft sich liebevoll der Kinder annahmen – ja, das war ihm gelungen!

So ganz stillschweigend hatte sich's gemacht.

Wehe! Wenn er von des Altenheims Bewohnern direkt verlangt hätte, sie sollten sich ein bisschen um die kleinen Waislein kümmern – das Geschrei! Aber so – wo der Garten dicht dabei lag –

und so ein Bauer ist sein Lebtag gewöhnt, zu schaffen und zu sorgen! – Ein Schatten zog über des Gutsherrn Antlitz – Schaffen und sorgen! Weiss Gott, das war eine Freude für ihn. Er liebte seine Güter, seine Heimat, seine stolze Arbeit; war er auch gern Offizier gewesen, so hatte er doch diese Zeit nur als Uebergang zu seinem eigentlichen Beruf betrachtet. Ihm war der frische feuchte Erdgeruch Bedürfnis; er gehörte zu denen, welchen die ganze Welt so unendlich viel zu sagen hat, weil er selbst eine feste Welt im Busen trägt.

Aus diesem Bewusstsein heraus hatte er Margarets Anschauungen zu verstehen geglaubt. Aber niemals noch waren zwei Weltverbesserer, die von solch absolut verschiedenen Grundsätzen ausgingen, zusammengekommen.

Eitel vertrat die Idee des einfach Menschlichen – Verbesserungen und Aenderungen schienen ihm nur in einer, der jeweiligen Sphäre angepassten Praxis von Nutzen zu sein.

Margarets Träume verloren sich in vage Fernen – sie kämpfte um Ideen und Empfindungen, die mehr Schmerz verursachten, als Klarheit schafften.

Die schlanken Türmchen des Schlosses winkten. Eitel Joachim seufzte – seufzte traurig und ärgerlich.

Ach, so hatte er sich's einst nicht träumen lassen! Sein Heim lockte ihn nicht. – Wer empfing ihn zu Hause? Sein Kind? Eine wehe Empfindung krampfte sein Herz zusammen. Das kleine Wesen erinnerte ihn fort und fort an die peinliche Demütigung seiner Mannheit, die ohne Erhebung fortdauerte.

Miss Monetti! – Er lachte auf. Diese verrückte kleine Person mit ihren geschmacklosen Kleidern und sonderbaren Augen, welche sie immer niederschlug. Wie ein Gespenst war sie – aber sozusagen ein – brennendes Gespenst. –

Wahrhaftig, da stand sie auf der Veranda!

»Fahren Sie nach dem Stall, Moritz –«

Der Kutscher gehorchte, bog ab, die Kastanien-Allee durchschneidend, nach dem Stallgebäude. Hier stieg der Gutsherr vom Wagen und trat in die peinlich sauberen ›Pferdegemächer‹ – zu den vier Reitpferden. Sie standen, gemächlich kauend in den Boxes und tappten behaglich in der hohen Spreu, neugierig die feinen Köpfe wendend, als ihr Herr sie anrief. Sie beschnoberten, zucker-heischend, seine Hände, und Loki, sein Liebling, kaute spielend an dem Handschuh.

Einen beinah vorwurfsvollen Blick warf Eitel auf das Pferd seiner Gattin – »auch du konntest sie nicht fesseln, trotz deines herrlichen Baues, trotz deiner schlanken Gelenke, und deiner temperament-vollen Frommheit – ach, Mayflower! Unsere Herrin hat kein Herz!« Unsere Herrin! Ach ja – armer Eitel!

Zwei Stunden später sass er Octavia gegenüber an dem grossen breiten Eichentisch, und der Hausherr versuchte aus angeborener Liebenswürdigkeit, seiner Missstimmung Meister zu werden.

Ein herrlicher Apfelblütenzweig zierte die Mitte der Tafel, und es fiel Eitel plötzlich auf, dass er niemals Blütenschmuck auf seinem Mittagstisch gesehen.

»Wie schön!« sagte er, auf die Vase deutend.

»Zürnen Sie darob?« frug Miss Monetti errötend, »ich konnte nicht anders, als den Zweig pflücken! Und dadurch beraube ich Sie nun wenigstens zweier Dutzend Aepfel!«

Eitel Joachim lachte. »Halten Sie mich wirklich für such a mercenary creature? Ich weiss nicht, was schöner ist: diese Blüten selbst oder die Hoffnung auf Frucht, welche sie erwecken?«

»Es ist mir unmöglich, an die Früchte zu denken, wenn ich diese zarten Gebilde anblicke,« sagte Octavia träumerisch, »es liegt ein Farbenzauber darauf, der jeden prosaischen Gedanken ausschliesst. Ja, ich finde diese Blüten beneidenswert!«

»Beneidenswert? Warum? Sie entgehen doch eigentlich ihrer Bestimmung.«

»Glauben Sie? Mir däucht, sie erfüllen einen edleren Zweck, als den Gaumen zu letzen: sie zeigen uns die Schönheit des Lenzes.«

»Gewiss, darin gebe ich Ihnen recht, Doch ist es gut, dass wir Landleute uns nicht von ästhetischem Empfinden leiten lassen; dabei käme die Prosa des Lebens zu kurz! Die Schönheit der Blüte in allen Ehren – – einträglicher ist die Reife ihres Fruchtknotens,«

»Das sagt Margret auch, und mag deshalb nicht, wenn man Blumen pflückt.«

Eitel sah rasch auf.

War dies der Grund, dass die Tafel so lange keinen Blütenschmuck getragen?

Er erinnerte sich Margas Bedauern beim Anblick der Berliner Blumenfülle – nie hatte er sie auch Blumen tragen sehen, weder im Gürtel, noch an der Brust –

»Nein, Marga liebt es nicht, irgend ein organisches Wesen seiner Bestimmung zu entziehen,« meinte Octavia, als ob sie Eitels Gedanken beantworten wollte, »wir haben nicht bloss damals in London Streit gehabt wegen des Wertes von Topfpflanzen und losen Blumen. Die letzteren verglich Ihre Gattin mit den jungen Mädchen, die meist wurzellos und deshalb ohne Wehr und Hilfe in luftloser Enge dahinsiechen – sie erfreuen kurze Zeit mit ihrem Duft und werden dann achtlos beiseite geschoben, oder grausam zertreten.«

»Darin liegt wohl manches Wahre,« sagte Eitel, der sich verpflichtet fühlte, seine Frau zu vertreten, »aber schliesslich zerstört doch die Natur selbst auch einen grossen Teil ihrer zarten Kinder, und man kann dabei nicht die Menschen verantwortlich machen!«

»Ich glaube, Marga legt zu sehr Gewicht auf die blosse Blumen-Natur der jungen Mädchen ...«

»Und Sie sind nicht dieser Meinung?«

»Nein – ich liebe alles, was schön ist, ohne an seine Bestimmung zu denken – ich liebe den Lenz, wie er ist und nicht, weil ich seinen Versprechungen glaube, und den Herbst, ohne in der Reife den Keim des Frühlings zu erblicken – Schönheit und Unschuld, die sich ihres Wertes bewusst, sind nicht mehr schön, und wer der Zukunft lebt, verliert die Gegenwart.«

Eitel Jochen seufzte ein wenig und blickte in die glänzenden Augen seiner Nachbarin: wie hübsch sie aussah, wenn sie einmal aus sich herausging, und welch schöne Gedanken sie hatte! Wirklich, Margaret lebte zu sehr der Zukunft!

»Ach ja, wenn doch alle Frauen die Gegenwart nehmen würden, wie sie ist, und nicht das ganze Leben mit Plänen und Hoffnungen verlören!«

Octavia sah ihn nachdenklich an. »Sehen Sie, das ist der Hauptgrund, dass die Frauenbewegung so verflacht. Wer zuviel verlangt, verliert schliesslich das wenige, was er besitzt. Es läuft zuviel Kleinigkeitskrämerei unter bei der ganzen Sache; ich finde es bei weitem nicht so nötig, dass Frauenvereine und Frauenklubs errichtet werden, als dass man uns einfach in die Herrenklubs aufnimmt. Dies gewaltsame Geschlechtsbetonen erweitert die Kluft, statt sie zu überbrücken. –«

»Da haben Sie völlig recht – und ich bin erstaunt, dass Sie diese Ansicht vertreten ...«

»Warum? Ich habe nie gemeinsame Sache gemacht mit den fanatischen Männerhasserinnen – auch habe ich es ja nicht nötig, mich mit einem stachligen Bollwerk von Prinzipien und Weibesstolz zu umgeben; dies Entschädigungszuckerwerk ist für die hübschen Mädchen, die in dem Trara des Selbstbewusstseins ein heimliches Herzstechen spüren.«

»Aber auch Sie sind selbstbewusst, Miss Monetti!«

»Ich bin – meines Selbst bewusst,« sagte sie mit seltsamer Betonung, »ein armes, elternloses, unschönes Wesen wie ich, musste sich der Emanzipation in die Arme werfen, um nicht als verächtlich geduldete Nebenperson zu leben. Deshalb bin ich der heutigen Zeitströmung dankbar – zu früherer Zeit hätte ich mein Talent – (ich meine die Dekorationslust und meinen angeborenen Kunstsinn) nie betätigen können ... es wäre in Strickstrümpfen für Nichten, Neffen und Tanten, oder auch in gestickten Pantoffeln und Deckchen elend umgekommen. So kann ich doch einen Beruf ausüben, und brauche nicht an bitterem Verwandtenbrot zu ersticken!«

»Aber nicht jede Frau ist so begabt, wie Sie. Miss Monetti, und so – so ...«

»So ›geschlechtslos‹, meinen Sie? Sagen Sie es ruhig, ich bin gar nicht empfindlich – wenigstens nicht mehr; früher gab es wohl

Stunden, in denen ich wütete gegen das ungerechte Schicksal ... aber ich lernte bald, dankbar zu sein, dass mir Versuchungen erspart blieben und ich habe seit jener Zeit nie eine andere Kleidung getragen –« Sie strich flüchtig über das sackartige geschmacklose Gewand, das Eitel so unangenehm war.

»Seit wann?« frug er interessiert.

Sie zögerte eine Weile – »seit ich empfand, dass ich südliches Blut in den Adern habe,« sagte sie und schlug ihre schönen Augen voll auf.

Donnerwetter! Aus den Augen schaut's heraus, dachte Eitel und ein unbehagliches Empfinden kroch ihm über den Rücken. Aber ein interessantes Geschöpf! Warum war sie bis jetzt stets so schweigsam und langweilig gewesen?

Octavia erriet auch diesen Gedanken – als sie aufstand und dem Hausherrn die Hand zur ›gesegneten Mahlzeit‹ reichte, meinte sie lächelnd: »Seien Sie nicht böse, Herr von Seyblitz, dass ich Sie mit allerlei von mir selbst unterhielt – ich wollte so gern, dass Sie keinen trüben Gedanken nachhängen sollten bei dieser ersten Mahlzeit zu Hause ohne Margaret ...«

Er wurde ordentlich verlegen, denn er hatte die letzte Stunde wirklich nicht an seine Frau gedacht – und sich sehr wohl gefühlt mit diesem kleinen unscheinbaren Geschöpf, das ein bisschen mit ihm kokettiert hatte ... gewiss, so hatte er's aufgefasst! Und sie hatte ihn wohl durchschaut.

Während er noch allein bei seinem Wein sass, dachte er darüber nach und ergriff den Blütenzweig, dessen rosige Blumen wie ein Lächeln des Frühlings grüssten.

»Diese Blüten sind's, die mich trunken machen,« sagte er sich, »die reizenden Blüten, die zu zart sind, um Frucht zu tragen!«

Und sein gutes lange misshandeltes Herz weitete sich im Duft des Lenzes, der ins Zimmer lachte, und in dem Gedanken an Blüten und Schönheit, sprechende Augen und südliches Blut.

Margarets Briefe waren ebenso pünktlich eintreffend wie nüchtern. Jedesmal ertappte Eitel Jochen sich auf der Suche nach einem lieben herzlichen Wörtchen – sie wusste doch, wie dies ihn beglückt hätte! Irgend sowas liebes Dummes – das man niemand erzählte – das man im Herzen aufspeicherte, und sich immer wieder daran freute, wie an einem geheimen Schatz!

Aber ihre Briefe konnte getrost alle Welt lesen. Knappe Reisebeschreibungen, ausführliche Anordnungen für Haushalt und Kinderpflege, höfliche Fragen nach dem allgemeinen Befinden – besonders eingehende Erkundigungen nur nach einer trächtigen Stute, die ihr sehr am Herzen lag.

Natürlich – dieses Pferd erfüllte ja seine Bestimmung! Eitel lachte und warf die Briefe ärgerlich beiseite. Schade, dass nicht auch einmal die Tiere streikten, und sich von den superklugen Menschen nichts mehr gefallen liessen. Freilich – ihnen ging's wie jeder wahren Kraft – sie erstarkte durch den Zwang. Wehe aber, wenn weichliche Schwäche die Macht darüber erhielt!

Wahrlich, der Orient hatte recht, die Frauen wie Luxustiere zu behandeln! Töricht war es, seine eigene Macht zu brechen; töricht, den angeborenen Adel des Mannes mit dem Proletariertum des Menschen zu vertauschen. –

Unwillkürlich wurden seine Antworten kühler und seltner; sie atmeten nicht mehr wie in den ersten Tagen die Sehnsucht aus, die ihn verzehrte.

Dazu kam, dass durch die frühe Wärme die Nachbargüter sich belebten, und Eitel notgedrungen Besuche erwidern musste, die er bisher mit Rücksicht auf seine Frau unterlassen hatte. Da sie verreist, also weder »leidend«, noch »durch die Kinderstube zu sehr in Anspruch genommen« war, fehlte jeder hindernde Grund zum Verkehr, und er suchte auch keinen. Im Gegenteil, er freute sich, mal wieder vernünftige Menschen zu sehen!

Besonders gut gefiel ihm das Hergentheimer Schloss, wo ihn die Hausfrau mit ungeheuchelter Freude empfing. Es war die hübsche blonde Frau, deren Toilettengespräch einstmals Margrets Entsetzen und Verachtung erregt hatte.

Aber Eitel Jochen sagte sich, dass einer Frau mit dieser ebenso üppigen wie eleganten Figur wohl die Vorliebe für schicke »hochmoderne« Kleidung zu verzeihen sei. Ihr ungeniertes freies Wesen erfreute ihn, und ihre natürliche Koketterie entzückte ihn. Was verschlug es, dass dies appetitliche Wesen nicht belesen und gescheit war? Es war ein Weib, das sich seiner Reize bewusst war, und die Männer absolut nicht für unwürdig hielt, sich ihrer zu erfreuen. In allen Ehren natürlich. –

»Nein, wie ist das reizend, dass Sie wirklich kommen!« rief sie ihm entgegen und drückte seine Hand kräftig, »wo ist Ihre Frau Gemahlin? Noch nicht zurück?«

»Leider nein, gnädige Frau, Sie müssen einstweilen mit mir armem Strohwitwer vorlieb nehmen.«

»Ach – dann habe ich meine Wette verloren –«

»Eine Wette – meinetwegen?«

»Ja – hör doch mal, Arthur,« rief sie ins Nebenzimmer, »ich habe den White Star verloren!«

»Gott sei Dank, dann will ich ihm gleich heute meinen Sattel auflegen lassen,« antwortete Graf Hergentheim und trat grüssend über die Schwelle, »so leid es mir tut, Herr Baron, Ihre Gattin nicht begrüssen zu können, so freue ich mich andererseits doch über ihre Abwesenheit.«

»Aber meine Herrschaften, Sie geben mir Rätsel auf –«

»Ja, sehen Sie, das ist so –«

»Lass mich reden, Arthur, du brauchst zu lang – also, ich habe mich neulich beim Besuch so auf die Baronin gespitzt, sag' ich Ihnen. Denn wenn Sie auch so ganz zurückgezogen leben, so hört man so einen Sommer über doch gar viel, und sie soll doch so grässlich klug und so schön sein –«

»Das nennt die Frau, sich kurz fassen!«

»Ach, sei still, das gehört dazu – wie wir durch den Buchenwald fahren – übrigens, wie schade, dass der prächtige Weg nach der Allee zu umgeändert werden muss! Der ist für Wagen nimmer zu brauchen, so dicht ist alles –«

»Aber Fritzi!«

»Nun ja doch, – da sehen wir Sie mit einer Dame gehen, und ich rief meinem Mann zu, er sollte halten, wir wollten Sie überfallen –«

»Ich würde mich sehr gefreut haben – –« versicherte Eitel.

»O – ich wettete, es sei die Baronin, aber es war sie doch nicht!« sagte die Gräfin, »mein Mann sagte, es sei indiskret, Sie zu stören!« Eitel errötete und ärgerte sich darüber. Dieser leichte Ton war ihm in den letzten Jahren abhanden gekommen: in seiner Ehe nahm man alles so verzweifelt ernst.

So sagte er, geringschätziger als er eigentlich wollte: »Es war bloss Miss Monetti, der ich den Buchenwald zeigte.«

»Miss Monetti? Gott, die hat uns während unserer Abwesenheit die, Halle so entzückend dekoriert. – Ist die immer bei Ihnen?«

»Gewiss nicht. Aber sie ist eine Freundin meiner Frau, und besucht sie öfter, wenn sie gerade unbeschäftigt ist. Ehe Margret abreiste, bat sie Miss Monetti, ein bisschen »Haushaltungsvorstand« zu spielen – sie ist so zuverlässig.«

»Wie angenehm, eine solch, Person zu haben,« meinte die Gräfin arglos, »Gott, wenn ich denke, wie mein Mann sich anstellte, weil er fürchtete, Sie zu »stören«, und sie lachte mit einem unwiderstehlich ansteckenden fröhlichen Lachen.

»Nein,« sagte Eitel, dem ›die Person‹ doch etwas auf der Seele lag, »so angenehm Miss Monetti auch als Hausgenossin ist, »stören« würden Sie mich doch nie in ihrer Gegenwart!«

»O, wie wäre das auch möglich – übrigens hören Sie, ich halte Sie fest, wollen Sie bei unserm Goethe-Fest mitwirken? – Sagen Sie nur ja, Sie müssen nämlich! Jeder muss im Kostüm einer Goetheschen Gestalt kommen – Sie werden als Torquato Tasso vorzüglich aussehen, oder Wilhelm Meister, hm? Ich werde die Philine nehmen–«

» Dann komme ich als Wilhelm Meister,« lächelte Eitel.

»O, das wäre nett – ich will nämlich auch singen: »Titania ist herabgestie-ie-ie-iegen« und sie gab leise aber klar und schön die Töne an.

»Sie singen, Gräfin?«

»Und ob!« sagte sie lachend.

»Ich bewundere Sie, Graf,« wendete Eitel sich an den Gatten.

»Mich?« sagte dieser erstaunt.

»Ja – wie ertragen Sie soviel Vollkommenheit!«

»Hm, wo Rosen duften, stechen auch Dornen,« meinte Graf Hergentheim trocken.

»Pfui, welch ungalanter Mann! Herr von Seyblitz, Sie bleiben beim Wilhelm Meister, ja?«

»Wie Sie wünschen!«

»Wir stellen auch lebende Bilder – Gott, wo kriegen wir nur eine Mignon her! Es ist keine einzige zarte Gestalt zu haben, und ich dachte es mir so hübsch, erst ein Bild mit Philine und Meister, in hübscher Stellung, dabei Mignon in Pagenkleidung, dann Wechsel: Mignon als Engel: Heiss mich nicht reden – oder »So lasst mich scheinen, bis ich werde –«

»Eine Dame wünscht den Baron zu sprechen,« meldete der überaus korrekte Diener.

Eitel sah erstaunt auf. Octavia Monetti, in einen langen seidenen Spitzenschal gehüllt, trat ein.

Mit niedergeschlagenen Augen bat sie um Entschuldigung – »Margarets Stute ist krepiert, Herr Baron – das Fohlen auch – im Pferdestall hat alles den Kopf verloren, und fürchtet so sehr Ihren Aerger, dass ich versprach, Ihnen die Hiobspost zu bringen –«

Eitel bezwang mühsam seine tatsächliche Erregung – er war von Anbeginn dagegen gewesen, dies überaus wertvolle englische Vollblut decken zu lassen, aber Marga versprach sich soviel von der Kreuzung mit einer berühmten deutschen Rasse – verfluchtes Utilitätsprinzip! dachte er, während er laut sagte:

»Ich danke Ihnen, Miss Monetti – Frau Gräfin erlauben: Miss Octavia Monetti ...«

In diesem Moment schlug Octavia ihre schönen Augen, deren Zauber sie wohl kannte, auf, und dieser Blick, mit welchem sie die elegante Frau umfasste, war so sprechend, dass die Gräfin ausrief: »Mignon!«

Und auf die verwunderte Miene Eitels, flüsterte sie ihm entzückt zu: »Da haben wir ja die prächtigste Mignon, die wir denken können. Eilen Sie mal nach Ihrem Unglücksstall und ärgern Sie sich nicht allzusehr. Sowas kommt eben vor. Miss Monetti schicke ich Ihnen gegen Abend wieder. Liebste Miss, ich' habe Ihnen noch zu danken für Ihr künstlerisches Arrangement in unserer Halle, und ...« wenn sich die Schleusen von Fritzis Beredsamkeit einmal geöffnet hatten, so dauerte ihr Rauschen stundenlang.

Octavia war anfangs halb betäubt, dann belustigt – und zuletzt überwältigt. So sehr sie empfand, dass die Aufforderung zu dem Fest eine »Gnade« von Seiten der Gräfin war, so konnte sie sich der Liebenswürdigkeit und naiven Herrschsucht der reizenden Frau nicht entziehen.

Mit wahrer Freude studierte ihr schönheitsdurstiges Auge diesen vollendeten Frauenkörper, dessen weiche Linien das moderne Kostüm deutlich hervorhob, und ihre unverholene Bewunderung gewann ihr sofort die Gunst der Gräfin.

Mit heissen Wangen fuhr Octavia durch den frischen Frühlingswald zurück nach Letzow – sie bereute ihre Zusage, und konnte sich doch nicht entschliessen, sie zurückzunehmen. Ihre Pulse flogen und sie wusste, dass sie – einmal aus der strengen Klausur ihrer Neutralität herausgetreten – niemals wieder dahin zurückfinden würde ... sie presste die Hände vor die Augen und biss sich auf die Lippen, damit sie nicht laut in die milde Abendluft hinausschrie: »Ich will auch leben! Ich will auch ein einzig Mal leben!«

Die Proben begannen. Eitel Jochen, der die Sache anfangs als Spielerei betrachtet, gewann mehr und mehr Interesse dafür. Besonders Interesse für seine beiden Partnerinnen: Fritzi Hergentheim und – Octavia!

Die letztere hatte sich förmlich verwandelt. Dies unscheinbare Geschöpf in den kittelartigen Gewändern war eine entzückende Mignon; gerade dies etwas scheue Wesen, welches die ungewohnte

Kleidung ihr gab, passte zu der rührenden, unbewusst leidenschaftlichen Kindergestalt Goethes.

Die schöne Gräfin geriet in Begeisterung, und war nur ein ganz klein wenig enttäuscht, als Octavia erklärte, Mignons Lieder selbst singen zu wollen.

»Sie singen, Miss Monetti?« frug Eitel ganz erstaunt, als er diese Programmänderung vernahm – Fritzi hatte nämlich den Gesang hinter der Bühne übernehmen wollen.

»Ein wenig,« lächelte Octavia und schüttelte die lockigen Haarmassen, die ihr schmales Gesicht umwallten zurück – sie sah sehr jung aus mit den offenen Haaren und dem schmiegsamen weissen Mignon-Gewand.

Und sie begann mit kleiner aber wohllautender geschulter Stimme: »Ihr Schwalben in den Lüften ...«

»Welche verborgenen Talente lernt man da plötzlich kennen!« sagte Eitel, »das ist ja unverantwortlich, so sein Licht unter den Scheffel zu stellen! Weiss denn meine Frau überhaupt –?«

»Nein – Marga hat nie ein derartiges Interesse bei mir vorausgesetzt, Herr Baron, und ich fürchte, sie würde mich weniger ernst genommen haben, wenn sie davon Kenntnis gehabt ...«

»Aber der Ernst des Lebens verlangt doch die Ergänzung der schönen Künste,« rief die Gräfin, »die Frauenfrage in allen Ehren, aber wenn hervorragende Talente etwa Hindernisse für die geplante Zukunftsweiblichkeit bedeuten, so danke ich dafür! Ich bin doch auch eine arme unterdrückte Frau – lachen Sie nicht, Baron, das kränkt mich! Ganz wirklich, mein Mann macht absolut, was er will, und fragt mich kein bisschen, also hätte ich auch das Recht, unzufrieden zu sein! – Aber ich kann mir nicht helfen: mir gefällt das Leben so gut, und ich möchte um alles nicht eine langweilige Studierte sein mit Tintenklexen an den Fingern und ohne Sinn für Schönheit und Kunst! Ueberhaupt verstehe ich den ganzen Lärm nicht: diese Frauen schaffen doch die berühmte Frauenfrage selbst ganz glatt aus dem Weg – sie werden halbe Männer – na, und Männer haben mit der Frauensache nichts mehr zu tun.«

Eitel und Octavia lachten fröhlich.

»Sie sollten Ihre Meinung in den Frauen-Meetings, Gräfin, kundgeben,« meinte Eitel, »Sie brauchten bloss aufzutreten, und der grimmigste Gegner wäre überzeugt!«

»Ach, nun lachen Sie mich wieder aus – das ist nicht nett von Ihnen! Denken Sie, dass Sie selbst noch in den Lehrjahren sind, Herr Wilhelm Meister!«

Eitel Joachim wurde rot. Das neckische Wort traf ihn tiefer, als die Sprecherin ahnen konnte.

Ja, er war in den Lehrjahren! Die Ehe hatte sie ihm von neuem aufgerollt, gerade, als er geglaubt, sie männlich beendet zu haben. Immer wieder empfand er, dass Marga nicht bloss keinen seiner Liebesträume erfüllt, sondern auch an seinen besten ernstesten Grundsätzen gerüttelt hatte. Dieser grenzenlose Hass auf die »Vorrechte des Mannes« liess ihn erst ihrer gedenken, und – sich ihrer freuen.

War er als Bräutigam fast überzeugt, dass der Kampf der Frau siegreich enden müsse, so kam ihm als Ehemann der peinliche Gedanke, dass es selbst besiegter Stärke unwürdig sei, das Parvenütum der Schwachheit gelten zu lassen.

Octavia merkte sogleich den düsteren Zug in Eitels Antlitz; sie eilte, die Gräfin abzulenken und sang die anderen Mignonlieder.

»Sie werden mich ausstechen, Sie heimtückisches kleines Frauenzimmer!« rief Fritzi halb scherzend, halb eifersüchtig – »ein Glück, dass wir nebeneinander stehen können ohne uns gegenseitig zu schaden –«

»O, Frau Gräfin! Eine Gänseblume neben einer herrlichen Rose!« Octavia wies lächelnd nach dem Spiegel.

Fritzi Hergentheim zog die kleine: Dekorateurin mit sich und musterte erst aufmerksam, dann zufrieden das hübsche Bild, das ihr entgegenlachte: ihre eigne wundervolle Gestalt im reichen Gewand der Philine – ein Gewand, das seiner Trägerin entsprechend, verhüllend enthüllte – und diese zierliche mädchenhafte Mignon –

»Sie sind wirklich schon 29 Jahre?« frug sie kopfschüttelnd.

Miss Monetti bejahte, nicht ohne einen raschen Seitenblick nach Eitel zu werfen, welcher der Gräfin nicht entging.

»Unglaublich! In Ihren alten Kitteln erscheinen Sie wie nahe an 40 – und jetzt, so, gibt Ihnen kein Mensch mehr wie zwanzig – Ist's nicht so, Baron?«

Eitel betrachtete seine Hausgenossin immer von neuem verwundert: sie fasste, sich zurückbeugend, mit beiden Händen in die braunen Locken, und liess ihre rätselhaften Augen durch den Spiegel voll auf ihm ruhen. War das die Dekorateurin, die er widerwillig in seinem Heim geduldet, die er als Margas bösen Geist betrachtete? Unmöglich!

Die Gräfin zauste lachend in Miss Monettis Haaren und sagte: »Und sowas lebt ein halbes Menschenalter als Neutrum, während es die holdeste Eva mitsamt dem Paradies in sich hat – Na, warten Sie, wenn die Baronin zurückkehrt!«

Octavia senkte die Augen und steckte langsam das Haar auf. Eitel schwieg. Eine Hoffnung stieg in ihm auf. Wenn selbst diese kleine Miss sich plötzlich als begehrendes Weib entpuppte, konnte nicht Marga, seine schöne kühle Frau, auch noch eine Wandlung durchmachen?

Als die beiden zusammen nach Letzow fuhren, sagte die Gräfin nachdenklich zu ihrem Gatten:

»Du, Arthur! Ich glaube, ich glaube, da spinnt sich was an – diese Monetti kokettiert mit dem Seyblitz! Geschieht aber dieser superklugen Baronin ganz recht. – Ich liesse dich nicht solange allein mit einer so merkwürdig raffinierten Person! Aber sie soll ja so kalt sein, wie eine Hundeschnauze –«

»Fritzi!«

»Na ja doch – lass mich nur reden. Ich möchte mal dein Gesicht sehen, wenn ich ewig gelehrte Zukunftsideen im Munde hätte, und dich in deiner Mannheit bloss als notwendiges Uebel betrachtete, was? Du verdienst gar keine so hebe süsse Frau wie mich, du Scheusal! Bin ich spröde und eklig, hm? Bin ich übergescheidt und kalt, hm?«

Und lachend nahm der Graf die lebenswarme reizende Frau in die Arme.

Unterdessen fuhren Seyblitz und Octavia schweigend durch den blühenden duftenden Wald. Beide waren mit Gedanken beschäftigt, denen sie ungern Worte verliehen.

Im Herrenhause angekommen, empfing sie Lachner und nahm ihnen die Mäntel ab. Miss Monetti galt ihm, trotzdem sie sich nicht seiner Sympathie erfreute, doch »mit zur Familie«, und der treue Diener duldete nicht, dass ein unehrerbietiges Wort über sie laut wurde.

»Der Tee ist im Herrenzimmer bereit, Herr Baron.«

»Es ist gut. – Sie nehmen doch noch eine Tasse, Miss Octavia? – Sind Briefe angekommen?«

»Zu Befehl ... auf dem Schreibtisch des Herrn Barons.«

Während Octavia auf dem lauschigen Erkersitz den Tee eingoss, riss Eitel hastig Margas Brief auf.

Ein seltsames ängstliches Verlangen nach ihr, nach ihrer Handschrift, war in ihm aufgestiegen. Ach, nur ein Wort von ihr, dass sie sich auf die Heimkehr freute, ein Wort – – –:

»Lieber Eitel. Heute in drei Wochen treffe ich in Letzow ein; ich konnte bis jetzt meinen Reiseplan trefflich ausführen. Das Wetter begünstigte mich. Die gestrige Taufe bei Dolly enttäuschte mich traurig. Ihr Gatte, Rittmeister Kringsfeld, ist noch zu keinem ernsten Gespräch zu fesseln gewesen.

Ueber Dollys einstigen Schwur lacht er und nennt ihn Backfisch-Schwärmerei. Ausserdem meint er, die Einrichtung der Welt sei gut genug, wie sie ist, und wenn etwas zu ändern sei, so würde das ganz von selbst kommen.

Ich werde natürlich noch einmal versuchen, Dolly ins Gewissen zu reden, verspreche mir aber wenig Erfolg, denn sie vergöttert ihren Mann in einer hässlich sklavinnenhaften Weise, welche ich ihr niemals zugetraut hätte. Welcher Missbrauch wird doch mit dem Wort ›Liebe‹ getrieben, es ist wahrlich an der Zeit, dass eine Generation mit gesunden Sinnen und möglichst wenig Gefühl dies Geschlecht mit seinen tollen Nervenaufregungen ablöst. Vergiss, bitte, nicht die Bonne immer wieder auf die nötige Strenge Herbert gegenüber aufmerksam zu machen; das Kind muss von kleinauf an peinliche Ordnung gewöhnt werden. Ich habe auch schriftliche Prinzipien aufgestellt, bei deren Ausarbeitung ich auf dich rechne« Mit einem unartikulierten Laut, der wie ein Stöhnen klang, warf Eitel den Brief zu Boden und bedeckte seine Augen mit beiden Händen.

»Herr – von Seyblitz –! Herr – Eitel!« bebend eilte Octavia zu ihm hin. Eine Träne sah sie blitzen zwischen seinen Fingern – und ihre Leidenschaft durchbrach alle Schranken. Sie kniete vor ihm hin und zog seine Hände nieder und küsste sie. Ihre feurigen Augen zwangen seinen feuchten Blick, und ihre Lippen flüsterten Trostworte – Liebesworte.

Ein fast schmerzendes Staunen befiel den überraschten Mann. Unwillkürlich flüchtete sein frierendes Herz dankbar zu der Glut

dieser Leidenschaft. Solange hatte er darbend von Almosen gelebt
– er sonnte sich lächelnd in dieser Verschwendung!

Wie ein brausender Bergstrom überflutete Octavias Leidenschaft
den kühleren Mann – er verlor vollständig die Herrschaft über sich
und seine Sinne.

Nur ein Staunen blieb wach – ein Staunen über diese Glut, die ihn
wohlig durchwärmte nach dem langen Frösteln – ein Staunen über
sich selbst, dass er trotzdem diese Liebe nicht zu erwidern
vermochte.

Wäre es Marga gewesen, welche ihm diese Leidenschaftswunder
offenbarte, so hätte sein Mannessinn wohl diese Glücksblüten zu
reicher Saat gepflanzt – Octavias zitterndes Begehren aber übte nur
einen Sinnenreiz auf ihn aus, den zu bezwingen er sich stark genug
fühlte.

Ausserdem: was nahm er denn seiner Frau durch diese Episode? Sie
wollte ja nichts wissen von den lauschigen blühenden Seitenpfaden
der Liebe – sie verlangte nach der korrekten, wohlbehüteten
Landstrasse, damit kein Blick auf den Weg sie im Gestalten ihrer
Pläne hinderte: man verlor soviel kostbare Zeit beim
Blumenpflücken!

»Wenn du wüsstest, wie lange ich dich schon liebe!« flüsterte
Octavia und presste die heissen Lippen auf Eitels Hand; sie kauerte
in ihrer Lieblingsstellung, zu seinen Füssen, ihr dunkles Köpfchen
auf seinen Knieen.

»Schon damals in London war mir klar, dass du nicht glücklich
werden konntest mit ihr! Ach, du tatest mir so leid! So leid! Wie ich
mich nach dir gesehnt habe, my darling! My own! Ich glaube, mein
ganzes Leben lang schon! Schon als Kind träumte ich von dir – ja,
ich bin gewiss, dass du es warst! Diese Augen blickten mich immer
an, diese Lippen redeten zu mir in Stunden der Verzweiflung! Ach
du! Du! Mein alles! Mein Erlöser!«

Er strich sanft über ihre weichen Locken und lächelte träumerisch.
Es steckte soviel Poesie in diesem kleinen leidenschaftlichen
Geschöpf. – Während er ihre heissen Küsse erwiderte, fühlte er ein
leises Bedauern, dass er ihr kein ungeteiltes Empfinden
entgegenbrachte – sie hätte es wohl um ihn verdient.

Octavia legte die schmale Wange auf seine Hand und flüsterte mit halbgeschlossenen Augen:

>>Seit mein Denken erwacht – und Flammen zündete
An matten Schwefelfunken,
Seit schwül jede Nacht – mir Sehnsuchtslieder sang
Bis die Seele mir trunken,
Seit mein Leib gebebt – in bewusstem Entsagen
Und brünstigem Schauer,
Ich das Leben gelebt – mit der grossen Frage
Und der blutroten Trauer –
Solang hab ich dein geharrt! Mein Heiland! Erlöser!
Die Lichtschwingen breite
Um den Sehnsuchtskeim zart, und lass ihn erglühen
In leuchtender Weite,
Dass ein Feuermeer loht, drin die morsche Erde
Und Himmel erbeben,
Und der jauchzende Tod – schwingt die Hochzeitsfackel
Für uns und das Leben – –<<

Der Morgen graute, als Eitel Octavias Zimmer verlassen wollte.

>>Ach – bleibe!<< murmelte sie, schlaftrunken sich aufrichtend, >>bleibe!<<

>>Nein, nein – es ist halb vier – die Leute stehen bald auf.<<

>>Was liegt daran, wenn sie dich von mir kommen sehen? Ich bin frei wie der Vogel in der Luft –<<

>>Aber ich nicht, mia cara, das vergisst du! Marga kehrt bald zurück<<

Octavia erwachte völlig bei Margas Erwähnung. Ihre Augen blitzten durch das Halbdunkel der geschlossenen Portieren und Rouleaux.

>>Eitel! Geliebter! Du wirst mich ihretwegen doch nicht verstossen? Könntest du wirklich den Mut haben, mich wegzuwerfen, um ihre Gemütsruhe, dieses Grab der Liebe, nicht zu stören? Nimmermehr! Du wirst dich nicht wieder wohl fühlen in dieser weissen Kälte, nachdem du meine rote Glut empfunden. – Ich kämpfe für mein Recht, für dein Glück.<<

>>Liebe Octavia! Verstehe mich richtig! Ich kann ja nicht von dir lassen. – Aber Marga ist doch meine Frau!<<

>>Ha, darum beneide ich sie nicht! Wenn du nur mein bist! Deine Geliebte zu sein dünkt mich lebenswerter wie deiner Gattin äussere

Rechte. Was sind mir die kleinlichen Menschen-Satzungen? Nur dein Wille ist mir heilig!«

»Dann wirst du mir gehorchen, nicht wahr?«

Sie senkte den Kopf. »Was verlangst du?«

Er zog sie an sich und blickte ihr in die Augen. »Ich will nicht, dass Marga von unserer - Liebe erfährt, hörst du? Unser Glück ist ein Diebstahl, und ich habe sowohl als Gatte wie als Gutsherr Pflichten, die ich, wenigstens nach aussen hin strikte erfüllen muss. Das Weib, das mich liebt, wird mir nicht Steine in den Weg legen, den ich ihretwillen gehe?«

»Aber du wirst mein bleiben, Eitel, ganz mein?!«

»Geliebte! Du weisst es! Ich schwöre Dir –«

Sie unterbrach ihn seufzend und legte beide Arme um seinen Hals.

»Sieh, du sollst mir nicht Treue schwören –
Liebeseide gleichen dem Glimmer,
Der durch seinen Goldglanz betören
Kann, wenn gesehen im Sonnenflimmer;

Doch, wenn Sonne - und Liebe erblichen,
Wortlos ist Stein wie Eid geworden.
Siehe - wenn deine Liebe gewichen,
Sollst du mir's sagen mit dürren Worten.

Nur nicht durch feige Mitleidslügen
Sollst du deine Mannheit verhöhnen,
Mich um die Wollust des Sterbens betrügen,
Weil du Angst hast vor Todesstöhnen –

Siehe, der Kummer, dich zu hassen
Darf mir niemals die Augen röten:
Wenn du den Mut hast, mich zu verlassen,
Habe den Mut auch, mich zu töten!«

»O du,« sagte Eitel und küsste sie, »wie könnte ich's über das Herz bringen, solch süssen Singvogel zu töten!«

Als er sein Schlafzimmer betrat, um noch eine Stunde sein Lager einzunehmen, ahnte er nicht, dass sich gerade vorher der treue Lachner, den das immer noch brennende Gas getrieben hatte, nachzusehen, ob etwas nicht in Ordnung, betrübt von dem unberührten Bett geschlichen hatte. Der Gute ahnte längst, was vorging, und verwünschte die Reise der Baronin ebenso wie die Anwesenheit »dieser Miss da«. »Der arme junge Herr!« murmelte er, als er am Kinderzimmer vorbeiging, »die Baronin weiss nicht, was sie tut. Erst will sie das Kind fast auffressen, und dann kümmert sie sich monatelang nicht drum! Kein Wunder, dass der Herr dumme Gedanken kriegt!« Mit diesen äusserst logischen Worten suchte er wieder sein Zimmer auf.

Margarethe verliess Dollys Heim sehr verstimmt. Rittmeister Kringsfeld hatte ihre ernste Forderung, seine Zwillingssöhnchen zu Idealen des neuen Mannes zu erziehen, einfach belächelt und gesagt: »Verehrte Baronin, machen Sie sich keine Sorgen – meine Söhne sollen gut und richtig erzogen werden, besser noch, als ich es ward, obwohl ich nicht klagen kann, und mit meinen Lebensanschauungen recht zufrieden bin. Aber Experimente lass ich mit den Kindern nicht machen; was Sie auf Ihrem Landgut tun, ist etwas anderes. – Wir in der Stadt sind nicht frei – am wenigsten in meiner Stellung als Offizier!«

Und Dolly hatte ihr süsses Köpfchen vertrauensvoll an des Gatten breite Schulter gelehnt und gemeint: »Otto versteht es schon, liebste Marga – er wird das Richtige treffen, auch ohne die buchstäbliche Erfüllung meines Schwurs.«

Ja, wenn die Zukunft immer wieder von dem Wankelmut der Frauen abhing, so würden wohl Jahrhunderte vergehen, ehe Besserung eintrat.

Wirklich, ihr war die Lust benommen, sich noch nach den Verwandten umzusehen. Es war doch nirgends ein Mensch zu finden, der etwas Höheres kannte und erstrebte als das eigne kleine, kleinliche Leben!

Sie fuhr direkt nach Berlin, und machte diesmal bei Tante Leo Station. Hier lernte sie auch das Phänomen – die gelehrte Stütze des Pensionates kennen, welche sich als einfaches, zwar wenig hübsches aber angenehmes Mädchen erwies, und Margas ganze Sympathie gewann.

Mit Freuden hörte die junge Frau den schlichten Bericht der langen Verlobung an – es lag so wenig Poesie darin, wenn man nicht die herzliche Liebe des Paares als solche rechnete.

»Er war Student und ich besuchte das Seminar,« sagte Fränze Leithammer, »als wir uns lieben lernten – o, so lange ist das her! Wie jung und dumm wir waren! Aber nicht glücklicher wie jetzt. Nächstes Jahr wird er eine Anstellung bekommen – das wird herrlich! Wir haben ja auch jetzt schon viel zusammengearbeitet, aber es war doch stets eine Unbequemlichkeit, sich mitten in der interessantesten Abhandlung trennen zu müssen, weil es spät wurde.«

»Strengt Sie diese häusliche Tätigkeit hier nicht sehr an?« frug Marga.

»Nein – eigentlich nicht. Nur die fortwährende Aufmerksamkeit gegen die häufig wechselnden und nicht immer anspruchslosen Gäste – die fällt mir oft schwer. Aber es geht alles. Wenn ich mal recht verdriesslich bin, bilde ich mir ein, Ernst und ich hätten selbst eine Pension angefangen – und dann lache ich gleich wieder. Denn schliesslich – man kann sogar eine Familienpension zu einem Heim gestalten!«

Margarethe lächelte. »Wie sehr lieben Sie Ihren Bräutigam!«

»Aber gewiss. Ganz unaussprechlich so wie er mich!« Eine warme Zuversicht lag in diesen Worten und verklärte das unscheinbare Gesicht.

Tante Leo unterbrach das Gespräch, indem sie mit der Aufforderung hereintrat, Fränze möge doch nach ihrem Bräutigam schicken, der Abend sei ganz frei –

»Heute ist mal die ganze Herde zerstreut, das tut wohl. Wenn es euch recht ist, ziehen wir uns in mein Wohnzimmer zurück – der drawing-room verleitet unwillkürlich zu offiziellen Gesichtern und Gesprächen.«

Fräulein Leithammers »zehnjähriger Bräutigam«, der Privat-Dozent Dr. Schmidle, hatte eigentlich nicht das Aeussere eines Menschen, dem man eine leidenschaftliche Liebe und die Macht zum Erwecken einer solchen zutraute. Kaum über Mittelgrösse, viele eckige Knochen, ungelenke Hände - ein blonder Kopf mit interessantem Stirnbau und gepflegtem Vollbart, zwei ernste gute Augen unter schweren Lidern - Aber in der Sprache war er gewandter als man vermutete; auch stand er in der Frauenfrage auf durchaus modernem Boden, obwohl er die Auswüchse derselben scharf tadelte.

»Ich bitte Sie, was sollen all die Lächerlichkeiten bei einer ernsten Sache! Lassen Sie doch die Frauen rauchen und Restaurants besuchen, studieren und Hosen tragen – darauf kommt's doch nicht an. Die Hauptsache ist denken können, klar und richtig denken. Du lieber Gott, auf was wird nicht der Frauensinn heutzutage gelenkt – ¦ alles will er erfassen, alles! Die ungeschulten Kräfte werden angestrengt, bis sie matt sind und umsonst vergeudet – denn es kommt nichts dabei heraus als irgend was Selbstverständliches, das mit weniger Mühe auch erreicht werden konnte. Ah, nein – der Unsinn! Als ob so'n Examen die Hauptsache wäre! Keine lernt für sich, sondern fürs Examen! Und wenn das bestanden ist – uff! Nu aber genug!«

»Du Verleumder!« lachte Fränze, »macht Ihr's denn anders?«

»Leider nein – meistens. Aber uns treibt der Erwerb, mein Schatz! Wir müssen unbedingt in einem bestimmten Alter auf ein gewisses Einkommen rechnen – das wissen wir zwei doch am besten, hm?«

»Aber das ist bei den Frauen doch auch der Fall,« meinte Margarethe.

»Doch nicht – denn sie können ja weder auf Anstellung noch Verdienst rechnen, abgesehen von einzelnen Ausnahmen.«

»Nun, ich dächte, sogar eine Frau kann sich heutzutage redlich durch die Welt schlagen – warum denn soviele Ansprüche machen an Verdienst und Ehren?« sagte Tante Leo, »wie ich nach Berlin kam vor 20 Jahren, ein armes adliges Fräulein, das seine Jugend einem Bräutigam nachgeweint, welcher es aus Geldrücksichten aufgegeben, da war es bedeutend schwieriger als jetzt, einen Erwerb zu finden. Wenn meine Schwester – Margas Mutter – mir nicht damals ausser ihrem Töchterchen noch ihre Möbel mitgebracht hätte, wer weiss, welchem Beruf ich damals in die Arme getrieben worden! Denn verdient musste werden –«

»Ja, das dumme Geld!« rief Fränze, »Ernst und ich haben uns schon oft ausgedacht, wie wir leben wollten, wenn wir ganz unabhängig wären von diesen leidigen Sorgen, nicht wahr, Schatz?«

»Ich möchte ein Bauer sein,« sagte Schmidle, das heisst ein »Eigner« von einem kleinen Stück Land, das ich selbst – mit einem oder zwei Knechten und Mägden bebauen könnte, das mir meinen Lebensbedarf deckte und mir soviel übrig liesse, dass ich Bedürftigen umsonst abgeben könnte. Dazu meine Arbeit – meine Wissenschaft – ihr leben zu können, ohne nach dem Beifall von Welt und bezahlenden Menschen zu fragen – das ist mein Ideal.«

»Und Ihre Gattin?«

Er sah erstaunt die Baronin an. »Meine Fränze? Die gehört dazu – sonst wär's ja kein Ideal! Mein Weib, das mit mir arbeitet und mit mir denkt, und mit mir feiert! Armes Fränzele! Zehn Jahre schon sehnt sie sich mit mir nach einem kleinen Heim!«

»Und wie dachten Sie über die Zukunft?« forschte Margarethe weiter, »Sie würden nicht immer allein bleiben, sondern eine Familie haben –«

»Das wäre in diesem Hoffnungstraum das allerschönste! Denken Sie doch, Frau Baronin! Freie Kinder, die wirklich kindlich sein dürften, die auf dem Land im täglichen Verkehr mit der Natur das Leben spielend verstehen lernen. Ist doch der Bauernstand die Wiege des Volkes – gebt ihm Bildung – aber um Gottes willen nicht die sogenannte »Salonbildung«, sondern den richtigen Begriff des Unterschiedes von Stadt- und Land-Poesie und -Prosa, und er ist unüberwindlich. Der Herr der Scholle ist der Herr der Welt.«

In Margarethe stieg eine Idee auf. Sie sah Letzows schöne »Armenkolonie,« wie die Nachbarn die philanthropischen Bauten Eitels nannten, vor sich, und Letzows sorgsam gepflegten Grund und Boden. Wie müsste ein Mensch wie Schmidle dort gedeihen!

»Liegt Ihnen also nicht allzuviel an einer staatlichen Anstellung, wenn Sie anderweitig Ihr Ideal verwirklichen könnten?«

»Wie sollte das?« Schmidle zuckte die Achseln, während Tante Leo und Fränze gespannt die Baronin ansahen.

Gern hätte Marga ihren Plänen Ausdruck verliehen, aber sie fürchtete, sich, Hoffnungen zu erwecken, die sie vielleicht nicht erfüllen konnte. Eitel hatte darüber zu bestimmen. Es war ein deutliches Zeichen, wie fremd Marga sich ihrem Gatten fühlte – wie fremd in ihrem herrlichen Besitztum – sie traute sich keinerlei Entscheidung zu treffen, sobald das Gut selbst in Betracht kam. Sie, die kalten Blutes eine heisse Mannesliebe vernichtete, sie scheute sich, über einen winzigen Teil des äusseren Reichtums dessen zu verfügen, dessen kostbarste Herzensgaben sie achtlos verschwendete.

»Wollen Sie mir versprechen, in den nächsten 6 bis 8 Wochen keine Stellung anzunehmen, ehe Sie mir Mitteilung davon gemacht?« sagte sie nachdenklich.

»Aber gern,« antwortete Schmidle und presste seine knochigen Hände zusammen, dass die Gelenke knackten, »sehr leicht zu versprechen übrigens – vor 50 Wochen rechne ich auf kein Anerbieten!«

»Sag mal, Marga,« sagte Tante Leo später, als sie ihrer Nichte gute Nachtruhe wünschte, »ich bin überzeugt, dass du in betreff Schmidles wieder einen klugen Plan verfolgst, aber ich möchte mal wissen, ob du eigentlich aus gutem Herzen oder bloss aus Verstandesgründen handelst?«

Marga errötete und bürstete eifrig ihr dichtes langes Blondhaar.

»Viel Fragen macht viel Kopfweh, Tante Leo! Ich dachte, dieses Ehepaar gäbe treffliche Lehrkräfte für meine – Kinder, und dann – nun ja, dachte ich auch an die Zukunft der beiden, an die eventuelle Familie, die sich besser wie jede andere eignen würde ...«

»Na ja, das vermutete ich bereits! O Marga! Kind! Wieviele Vorwürfe habe ich mir schon deinetwegen gemacht! Ich glaubte es gut zu machen, indem ich dir früh die Augen öffnete für die brutale Alltagnotwendigkeit – ich glaubte es gut zu machen, indem ich deinem Geist jede Freiheit gewährte. – Aber an der bitteren Strenge deines Wesens bin ich unschuldig! Ich trug einst mein Kreuz mit Schmerz, aber ich rang mich durch zur Heiterkeit, zur praktischen Anschauung des Lebens. Du hast alles Glück, das man sich denken kann, und stehst so gefühllos davor wie eine Kuh vorm Rosenstrauch ... Und wenn du jemand was Gutes tust, gibst du's, sobald eine bestimmte Saite angeschlagen wird, wie das Tier sein Gutes gibt – ebenso natürlich wie unbewusst. Dein armer Mann! Du arme Margaret!«

»Aber Tante!«

Margarethe schlief wenig in dieser Nacht. Sie grübelte über Schmidles Ideal und Tante Leos Vorwurf nach, bis ihr der Kopf schmerzte.

Den andern Tag fuhr sie nach Hause.

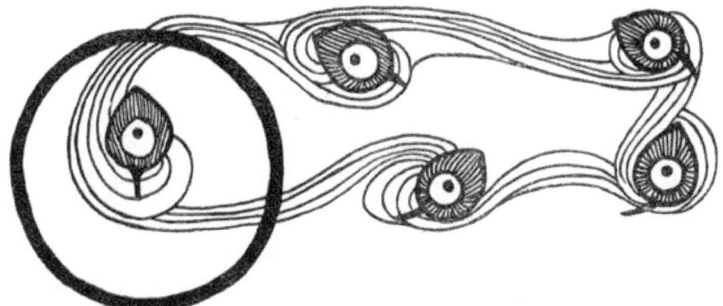

Octavias Umwandlung erfüllte die Baronin von Seyblitz mit unbehaglichem Staunen. Sie liebte im Grunde genommen diese kleine Gesinnungsgenossin nicht, sondern hatte sich ihrer Eitel gegenüber als eine Art spanischer Wand benutzt. Dass eine solche aber lebendig und reizvoll werden könnte, war ihr nie möglich erschienen.

Und Octavia verstand es, reizvoll zu erscheinen, mit demselben künstlerischen Empfinden, das ihre Berufstätigkeit auszeichnete, ordnete sie jetzt ihre Kleidung, und die weichen schmiegsamen Stoffe, in welche sie ihren zarten Körper hüllte, wirkten immer etwas verlockend.

Ja, Marga, die ihre körperlichen Vorzüge bis jetzt als selbstverständlich angesehen, ertappte sich eines Tages bei einem Vergleich, der nicht zu eigenem Gunsten ausfiel.

»Unmöglich!« sagte sie sich entsetzt, »ich werde doch nicht auf Octavia eifersüchtig sein!«

Aber der Stachel blieb.

Die Gräfin kam an einem schönen Nachmittag angefahren, »um sich nach ihrem Schützling umzusehen«, wie sie sagte.

Die beiden Freundinnen sassen auf der grossen schattigen Terrasse, ziemlich schweigsam. Marga, gegen ihre Gewohnheit müssig, während Octavia stilisierte Lilien in ein weissseidenes Gewand stickte.

»Welche Pracht,« rief die Gräfin, »das wird wohl ein neues Festkleid? Und zu denken, dass diese kleine Miss vor wenig Monaten in Sack und Asche ging! Sind Sie mir nicht dankbar, Baronin, dass ich den Schmetterling entpuppte?«

»Ihrer Liebenswürdigkeit kann eben nichts und niemand widerstehen,« sagte Marga höflich, »und die Entpuppung ist überraschend gelungen. Wenn man bedenkt, dass Raupe und Schmetterling dasselbe Wesen sind, so muss man dem Sprüchwort beistimmen, dass ›Kleider Leute machen‹. Octavia schoss einen wenig freundlichen Blick auf die Sprecherin, und die Gräfin meinte lachend, auf die Stickerei deutend: »Aber die Leute verstehen es auch, Kleider zu machen! Wie haben Sie sich auf der Reise amüsiert, Baronin? Ich habe Ihre Abwesenheit lebhaft bedauert! Sie haben unserem kleinen Feste sehr gefehlt, nicht wahr, Miss Monetti?«

»Gewiss, Marga hätte eine prächtige Iphigenie abgegeben – ihr wäre das Opfern sehr leicht geworden.«

»Ja, etwas Priesterliches haben Sie wirklich,« rief Fritzi, Margarethe aufmerksam betrachtend, »und was macht der Sohn, wenn ich fragen darf?«

»Ich danke, er ist munter.« Marga deutete auf einen nahen Rasenplatz, wo der kleine Herbert sich tummelte.

»Ich hörte, dass Sie besondere Pläne mit der Erziehung des kleinen Bürschchens vorhaben, Baronin. Darf man vielleicht fragen, inwiefern dieselbe von der allgemeinen Regel abweichen wird?«

Margarethe zögerte einen Augenblick – sie fühlte sich versucht, abweisend zu antworten, denn wie sollte diese Modepuppe ernsten Ideen zugänglich sein? Aber dann bezwang sie sich. Die Gräfin hatte Kinder: vielleicht schlug doch ein Samenkorn Wurzel …

»Ich denke, Herbert überhaupt nicht nach der allgemeinen Regel erziehen zu lassen. Er wird weder eine Gymnasialbildung erhalten, noch irgend ein Examen machen. Er soll Kenntnis von Himmel und Erde, Wissenschaft und Landwirtschaft haben, ohne einseitige Fachbildung. Vor allem sollen ihm keinerlei Schleier vor die geistigen und leiblichen Augen gehängt werden, deren späteres Enthüllen schmerzhaft und gefährlich ist.«

Die Gräfin sah verblüfft drein; sie konnte sich kein Bild davon machen. »Und wie gedenken Sie das zu erreichen? Werden Sie diese riesengrosse Aufgabe selbst übernehmen können?«

»Leider nein. Was wir modernen Menschen – besonders wir Frauen – lernen und wissen, sind Halbheiten, die zu nichts dienen, als wieder vergessen zu werden. Wir wissen von der Kultur der alten Aegypter und Griechen alles, aber wir ziehen keine Lehre daraus für unsere eigenen übertriebenen Forderungen. Wir lesen interessiert von den einstigen Sklaven, aber wir wissen keinen Bescheid in den heutigen Arbeiterverhältnissen. Wir preisen Kunst und Schönheit und ziehen damit Faullenzer und Sittenlose gross – wir verachten die Arbeitenden und beten das Geld an ...«

Octavia warf einen Blick in die Allee, und ihre Augen leuchteten auf – der Freiherr nahte.

»Sie kommen gerade recht, Herr von Seyblitz!« rief sie lachend, »Marga ist im besten Fahrwasser.«

Die Gräfin beobachtete den Wechsel in Miss Monettis Antlitz und Sprache, und diese Entdeckung war ihr bedeutend interessanter als Margas Rede.

»Die Ansichten der Baronin fesseln mich ungemein,« versicherte sie jedoch, »so dass ich fast wünschte, meinem Maxie dieselben Vorteile angedeihen zu lassen.«

»O, seien Sie vorsichtig!« meinte Eitel und küsste der schönen Frau die Hand, »meine Frau nimmt Sie sogleich beim Wort.«

»Warum nicht?« fragte Marga ernst, »besonders, da meine Pläne nun greifbare Form angenommen haben.«

»Du glaubst also wirklich, in Dr. Schmidle eine geeignete Lehrkraft gefunden zu haben? Gut. Ich bin einverstanden. Das kleine Dorfschullehrerhaus wird ja nächsten Monat frei, weil die neue Wohnung fertig ist. Es stösst dicht an den Park – aus diesem Grunde liess ich ja das neue in die Nähe der Schule bauen, die doch zu weit ab liegt.«

»Na, Sie sind überhaupt ein Muster-Gutsherr. Mein Mann ist nicht besonders gut auf Sie zu sprechen, Baron! Sie verderben uns unsere Leute!«

»Aber Gräfin!«

»Aber Baron! Natürlich, Sie erwecken durch Ihre grossartige Fürsorge für all das Ruppzeug auf Letzow auch in Hergentheim Ansprüche. Erst gestern kam der Verwalter wieder: »Ja, in Letzow sei der Stall in ganz anderem Zustand, das übertrüge sich auch auf das Vieh, und die Leute in Letzow gingen mit Lust und Liebe zur Arbeit, da sie geradezu prächtig wohnten und in den neuen sauberen Betten auch besser schliefen. So ein Blech! Aber der Herr Verwalter möchte gern heiraten, und der Anbau ist nicht prunkvoll und geräumig genug für seine Mamsell!«

»Aber Gräfin – Ihr Verwalter hat doch grössere Zimmer wie der meine!« rief Eitel erstaunt. »Meine Ställe, na ja, die sind nun einmal mein Stolz – solche kleine Eitelkeit kann man einem Landwirt wohl verzeihen; aber das Wirtschaftsgebäude ist so alt wie das Schloss selbst, und ausser den besagten Betten ist nichts Neues darin – nicht einmal der Verwalter.«

»Ja, dann weiss ich nicht, was der Laue will,« meinte die Gräfin, »darf ich mir's mal ansehen?«

»Aber bitte – eine grosse Ehre für meine Gebäude.«

Sie durchschritten den Park, quer durch die Kastanienallee nach dem weiten gepflasterten Hof, welcher den Mittelpunkt für die umliegenden Stallungen, Scheunen und Wirtschaftsgebäude bildete.

Octavia blieb zurück; niemand hatte sie aufgefordert mitzugehen, und obwohl sie früher dies als selbstverständlich hingenommen, kränkte es sie jetzt.

Sie war der Verstellung müde. Warum sollte Marga immer wieder geschont werden? Machte sie Eitel glücklich? Nein – sie quälte den Gatten mit ihrer Kälte und Verständnislosigkeit.

Und sie – Octavia – die ihm alles gab, wonach er sich sehnte, die ganz in ihm aufging, sie sollte vorlieb nehmen mit den Resten der freiherrlichen Tafel? Nein – nimmermehr! Sie lachte auf und legte sorgsam die Stickerei zusammen.

Das Ehepaar kam erst spät zurück, da es den gräflichen Wagen zu Pferd nach Hergentheim begleitet und dort zum Abendessen geblieben war. Man hatte sich ausser den Wirtschaftsgebäuden auch gleich das für Schmidle vorgesehene Häuschen angesehen und gefunden, dass es mit einem entsprechenden Stück Land ein hübscher Besitz für einen Menschen, der ganz sich selbst und der Natur leben wollte, sei.

Da die Hergentheimer Grenze dicht an dem betreffenden Grundstück begann, meinte die Gräfin, sie wollte gern noch einige Morgen dazulegen, denn sie reflektiere auch auf den »Hauslehrer«. Diese wichtige Angelegenheit musste unbedingt sofort mit ihrem Gatten besprochen werden, und der nächste Tag schon brachte dem Brautpaar Schmidle den ersehnten Wirkungskreis, der ihm zur Ehe verhalf.

Ein halbes Jahr später taufte man wieder in Letzow. Margarethe hatte eine Tochter geboren. Octavia fehlte bei der Feier. Sie war einige Wochen vorher abgereist, da »sie eine neue Tätigkeit« gefunden, und Marga hatte keinen Versuch gemacht, sie zu halten.

Schmidles halten sich als wertvolle Aquisition erwiesen

Der knochige Mann mit den ungeschickten Händen hielt sein »kleines Gut« in mustergültiger Ordnung. Fränze ward rund und rosig – und beide vergötterten Marga als ihres Glückes Schöpferin. Man hatte ein richtiges Kinderheim neben Schmidles Haus errichtet: einen freundlichen, einfachen Holzbau mit vier Zimmern und Küche. Hier sollten die Kinder hausen und die Bedürfnisse des Lebens kennen lernen. Einstweilen kugelte Maxie Hergentheim mit dem vierjährigen Herbert in dem Spielzimmer und auf dem weichen Rasen umher.

Schmidles waren ideale Fürsorger für die beiden. Der sechs Jahre alte Max setzte seine gedankenlose Mutter bald durch seine Selbständigkeit und seine für das Alter merkwürdige Kenntnisse in Staunen. Er kannte fast alle Blumen und Bäume mit Namen, erklärte ihr bei einem Gewitter Blitz und Donner mit ebenso kindlichen wie richtigen Worten, dass das gräfliche Ehepaar sich entzückt anblickte.

»Wie machen Sie das, Herr Doktor?« frug Fritzi und lehnte sich weit in den bequemen Sessel zurück, dass die eleganten Lackschuhe unter dem raschelnden Kleidersaum sichtbar wurden.

Schmidle rieb seine Hände und knackte mit den Gelenken.

»Ich weiss nicht,« sagte er lachend, »ich quäle die Kinder nicht – ich beantworte bloss alle ihre Fragen richtig – und Fränze tut das ebenso – und die Baronin natürlich! Ach, das ist eine Frau!«

»Ja, weiss ich schon – verhimmeln Sie sie nicht so – ein bisschen Erde ist jeder Frau zuträglich. Denken Sie doch, wenn Ihre Gattin...«

»Ach, meine Fränze! Das ist doch etwas anderes!« sagte er erstaunt. »Wir zwei sind richtige Arbeitsmenschen, und deshalb gerade, weil wir's so sauer hatten und an dem vielen Wissensballast müde wurden, der uns auf unserem Wege hinderte, anderes Nötiges zu erfassen – deshalb verehren wir in der Baronin die mutige Trägerin der Zukunft, und was in unseren schwachen Kräften steht, wollen wir tun, den richtigen Weg zu ebnen.«

»Ja, ja – einstweilen gibt das Resultat Ihnen ja recht,« sagte die Gräfin, »Herbert scheint mir leicht zu erziehen, er hat solch ernstes Gesicht und stilles Wesen – aber was Sie aus meinem wilden, ungezogenen Max gemacht haben, ist unglaublich. Nur bin ich neugierig, wie er sich mit unserem Aeltesten vertragen wird, der im Kadettenkorps ist.«

Sie sassen in der Bibliothek, welche mit der Zeit zum Lieblingsaufenthalt der Familie wie ihrer Gäste geworden. Die mächtigen Ledersessel waren so bequem und die lauschigen Nischen so traulich, und der grosse, mit Gas geheizte Kamin (die Holzfeuerung hatte sich für den weitläufigen Raum als unpraktisch erwiesen) erhöhte die Gemütlichkeit.

Schmidle standen in dem kostbaren Inhalt der Regale reichhaltige Quellen zur Verfügung. Aber ihn nahm einstweilen sein neues »Bauerntum« zu sehr in Anspruch, als dass er häufig daraus schöpfte.

»Ich weiss nicht,« meinte er nachdenklich, »ob es wirklich so wichtig ist, wenn ich meinen Fachgenossen die Ergebnisse meiner

Forschung über die mongolische Sprachenmischung mitteile – die Welt braucht so etwas eigentlich nicht. Aber wenn ich dem Boden mein täglich Brot abringe und ihn pflege, so bringe ich dadurch nicht bloss mir, sondern auch den Nachfolgern auf diesem Fleck Erde Nutzen.«

»O, hat meine Frau Sie schon mit ihren Utilitätsprinzipien angesteckt?« meinte Eitel, gestiefelt und gesport ins Zimmer tretend, »gehen Sie um Gottes willen nicht darin auf, sonst sehen Sie schliesslich in sich selbst bloss den Dung des Erdbodens und halten den Tod deshalb für den praktischsten Landwirt.«

»Nein, nein,« lachte Schmidle, »so poesielos bin ich nicht – für mich ist jeder Mensch ein Samenkörnlein der Ewigkeit.«

Nun kam auch Marga, ihr Töchterchen auf dem Arm haltend.

Die junge Frau sah blühend aus; ihr ganzes Wesen war weicher, frauenhafter geworden in der letzten Zeit.

Ihr spröder Charakter ward gemildert durch den Anblick des Schmidleschen Glückes – also gab es doch kluge, ernste, gelehrte Menschen, die im Vollgefühl der Liebe jauchzten? Diese eheliche Liebe war also nicht bloss ein Rausch gedankenloser, sinnlicher Menschen? Sie staunte anfangs – ja, sie glaubte, sich in dem Paare getäuscht zu haben – aber immer wieder drängte es sie, die beiden anzuschauen, zu beobachten.

Langsam kam ihr zum Bewusstsein, was eine liebende Frau für den Mann bedeutet; und damit erwachte die Scham, ihren Gatten seiner Liebe wegen mit Geringschätzung betrachtet zu haben.

Er hatte sich freilich jetzt verändert, er war kühl geworden und mischte seiner Rede ihr gegenüber meist eine gewisse Ironie bei.

Leonies Geburt hatte nichts daran geändert, ja, es fiel Margarethe manchmal auf, dass ihr Gatte die Kinder mit Missbehagen ansah.

Auch jetzt streifte er Baby nur mit flüchtigem Blick und wandte sich wieder an die Gräfin:

»Der Wagen ist bereit – ich werde mir erlauben, Sie heimzubringen, Gräfin, und fahre dann gleich zur Station.«

Marga blickte erstaunt auf; Eitel hatte nicht von einer Reise gesprochen.

Er half eifrig der Gräfin in den kostbaren Pelzmantel, während er sagte: »Ich denke spätestens übermorgen zurück zu sein.«

Die junge Frau schwieg. Sie erwiderte weder Fritzis wortreiche Verabschiedung noch den flüchtigen Kuss ihres Gatten.

Aber als Schmidle aufstand, um ein vergessenes Tuch den Herrschaften nachzubringen, sah er im Schein des Kaminfeuers zwei grosse Tränen auf den Wangen der Baronin.

Ja, Marga weinte, und während sie das einschlafende Kind ans Herz drückte, schlug das Leid seine dunklen Fittiche um sie – das Leid über den Verlust von Eitels Liebe.

Vier Wochen später verwandelte das erste Tauwetter Park und Land in eine schmutzige Wüste, so dass man ganz aufs Zimmer angewiesen war.

Eitel mied seine Gattin, seine Stirn blieb bewölkt, seine Rede karg.

Das Bild der freiherrlichen Ehe zeigte sich verschoben – Margarethe fing an, die Werbende zu sein.

»Lass mich heute mit dir reiten, Eitel – ich bin so lange nicht im Dorf gewesen.«

»Bei dem Schmutz? Deine Stute liebt die Pfützen nicht, wie du weisst.«

»So lass mir den alten Hans satteln.«

»Gut. Wo sind die Kinder?«

»Im Spielzimmer, bei Fränze.«

Sie ritten selbander die aufgeweichten Waldwege, von den Bäumen tropfte der schmelzende Schnee, und der Sturm schüttelte die nassen, sprühenden Zweige. Dann ging's zur kotigen Landstrasse, wo hoch aufgestapelte Steinhaufen zeigten, dass schon an die Frühjahrswegebesserung gedacht wurde.

»Es ist schlimmer, wie ich dachte,« meinte der Freiherr, »freilich, solch schneereichen Winter hatten wir lange nicht mehr – das ist kein Damenwetter, Margarethe!«

Marga zeigte lachend auf ihren über und über bespritzten Tuchrock: »Wenigstens nicht für Fritzi Hergentheim geeignet und ihre entzückenden Reitkleider. Mein Zeug ist wasserdicht, und ich finde die Luft herrlich. Ueberhaupt – ich weiss nicht recht, warum, aber mich dünkt diese hässliche, graue, stürmische Uebergangszeit schön; es liegt etwas Erwartungsvolles darin – eine Sehnsucht, die, ihres Endziels sicher, trotz Frost und Enttäuschung mutig aushält. Und ich möchte wetten, wenn man dort unter den schweren Schmutzschneeschollen suchte, fände man schon junge Saatspitzchen.«

Eitel blickte in das rieselnde Nass, welches die Gräben und Drainagen überschwemmte, und sagte langsam: »Ich hätte nicht geglaubt, dass gerade du in diesem Schmutz noch Poesie entdecken könntest, Margarethe. Dir sagte doch sonst die blühendste Landschaft nichts.«

Marga errötete. »Mancher lernt eben spät die Sprache der Natur verstehen – mein Blick ist verständnisvoller geworden, Eitel. Das wollte ich dir schon lange sagen, aber du gabst mir keine Gelegenheit dazu. Ich glaubte früher die Welt genau zu kennen und zu verstehen, und jetzt – jetzt möchte ich dich meines Hochmuts wegen um Verzeihung bitten.«

Er drängte sein Pferd dicht an das ihre: »Mich um Verzeihung bitten, Marga? Deines kühlen Temperamentes wegen? Es kann doch niemand aus seiner Natur heraus. Hat dein strenges Pflichtgefühl dich zu diesen Worten bewogen?«

Sie legte tiefatmend beide Hände über den Zügeln zusammen und sagte: »Nein – ich dachte nicht an meine Pflicht jetzt – ich dachte an meine Liebe!«

»Marga!« – Er beugte sich und sah ihr tief in die Augen. Sie hielt den Blick lächelnd, bebend aus und legte ihr Haupt an seine Schulter.

»Kannst du mich noch lieben, Eitel? Ich war so bange, deine Liebe verscherzt zu haben!«

»Mein Liebling!« Er küsste sie leidenschaftlich, bis die Unruhe der Pferde ihn zwang, die Zügel fester zu nehmen.

Aber seine Augenbrauen blieben düster gefaltet. »Bei Gott, Margaret,« sagte er heiser, »dies war das einzige Wunder, das mir unmöglich schien, und es macht mich fassungslos – gib mir Zeit, daran zu glauben!«

»Solange du willst,« meinte sie lächelnd, »aber sei grossmütig und lasse mich nicht auch sechs Jahre warten.«

Schmidle stand in hohen Wasserstiefeln in seinem Gärtchen und besserte seinen Zaun aus, indem er neue Latten befestigte.

»Bei dem Wetter?« rief ihm der Freiherr zu.

»Gerade bei dem Wetter!« antwortete er begeistert, »ich bin stolz darauf, es verlachen zu können. Wenn ich an die Stadt denke, wo ich bei solcher Jahreszeit nicht hinter'm Ofen vorkroch, kommt die Lust über mich, die Arme zu rühren und die Stiefel in den Schmutz zu stecken. Sehen Sie doch,« – er zeigte auf die Kanonen, »hätte ich in der Stadt nicht vor Scham vergehen müssen, wenn jemand mich in diesem Aufzug gesehen? Noch dazu eine Dame?! Hier aber mache ich die Mode selbst – hier verachtet mich keiner meiner Kleidung halber. Hier bin ich Mensch – auf dem Platz, den die Natur dem Menschen angewiesen hat ... Baronin – Baron – ich kann Ihnen nie genug dankbar sein!«

»Holen Sie sich keine Erkältung dabei, bester Herr Doktor,« meinte Eitel, »vergessen Sie nicht, dass ein Stadtmensch sich nur langsam an die Land-Temperatur gewöhnt!«

»O – die Arbeit macht warm! Am Schreibtisch hätte ich längst den Schnupfen.«

»Ein Prachtkerl, der Schmidle,« sagte Eitel, als sie weiter ritten, »da hat deine Menschenkenntnis wirklich einen Treffer gezogen. Ich bin froh, dass ich ihm das Stückchen Land zu eigen gab – es gehört nicht zum Majorat, auch der Hergentheimer Teil nicht zu dem dortigen, denn das war früher ein strittiger Grenzwald, in den sich unsere Väter gütlich teilten, nachdem sie ihn gemeinsam schlagen liessen und Ackerland daraus machten. Dass aber so ein paar Grossstadtgelehrten, wie der Kenner der mongolischen Sprachen und dazu ein hochmoderner weiblicher Dr. phil. jemals eine Musterwirtschaft daraus schaffen würden, haben die Alten sich kaum träumen lassen! Und was die Erziehung deiner Kinder anbetrifft, hättest du wohl auch keine bessere Wahl treffen können.«

»Gewiss nicht,« sagte Marga warm, »beide haben meine einfache Anregung in geradezu genialer Weise ausgearbeitet, und ich glaube, lieber Eitel, auch du wirst einst mit dem neuen Mann, dessen Begriff du ja selbst schufst, wohl zufrieden sein!«

»Gern, Marga, besonders, wenn er dich nicht mehr den alten Mann verachten lässt –«

»O – Eitel!« Margarethe senkte den Blick; sie fühlte, dass noch vieles zwischen ihr und dem Gatten lag. Als sie zu Hause ankamen, stand Lachner schon am Portal bereit, und während er Margas Pferd beim Zügel nahm, sagte er zögernd: »Miss Monetti ist gerade angekommen, Frau Baronin.«

Eitel sah rasch auf, und sein fragendes Auge traf des Alten guten, vorwurfsvollen Blick.

»Miss Monetti?« – Margarethe war erstaunt. Seit der Abreise hatte Octavia nichts mehr von sich hören lassen, was sollte diese plötzliche Ankunft?

»Willst du sie empfangen, lieber Eitel? Ich möchte mich rasch umziehen,« sagte sie und streifte schon die waschledernen Handschuhe aus, »ich will auch gleich Bescheid wegen des Gastzimmers sagen.«

Eitel Jochen schritt hastig, unruhig nach der Bibliothek. Hier fand er Octavia vor dem Kamin sitzend, die dunklen Augen in die träumende Glut geheftet – ihr Kind – sein Kind auf dem Schoss.

Sie sprang auf, ihm entgegen. »Geliebter! – Was ist dir? Empfängst du mich so?«

»Octavia! Miss Monetti!« verbesserte er sich, um flüsternd fortzufahren: »Was fällt dir ein? Missachtest du so meinen Willen? Was willst du hier – bei Marga – mit ...«

»Was ich hier will? Hier, auf Letzow will, mit deinem Kind? Das fragst du noch? Das Kind bringe ich deiner Gattin, Eitel, neues Material für die Zukunft, dafür verlange ich die Gegenwart – Eitel! Die Gegenwart und dich –«

»Du bist wahnwitzig –« er brach ab – Margarethe stand in der Tür. Sie hatte rasch ein loses Morgengewand umgeworfen, und da Frau Bendemann ihr erzählt, Miss Monetti habe ein Kindchen mitgebracht, sich keine Zeit genommen, das Haar zu ordnen, das noch feucht und ungeordnet lag, wie es durch den Sturm unter dem kleinen Reithut zerzaust worden.

Jeder Blutstropfen wich aus ihrem Antlitz bei Octavias Worten – das also war's, was Eitel ihr fremd werden liess: Octavia hatte ihr des Gatten Liebe geraubt – Octavia! Dieses Mädchen, das sie nie als »Weib« betrachtet, das nun in sorgsam gewählter Reisetoilette vor ihr stand, das Kind im Arm – Eitels Kind!

»Marga!« Unsicher klang des Gatten Stimme.

Aber die andere sprach ohne Zagen, klar und schneidend.

»Sie sehen, Margarethe, dass ich meinen Schwur halte, den ich einst in London tat: ich bringe meinen Sohn, damit er des Segens der neuen Erziehung teilhaftig werde, hierher, wo zwiefach seine Heimat ist.«

»Und in – in seinem Vater – glauben Sie den Mann gefunden zu haben, von dem Sie damals sprachen – – obwohl er nicht mehr frei ist?« Mit übermenschlicher Anstrengung brachte die Baronin diese Worte heraus.

Octavia lächelte, und ihre wundervollen Augen strahlten im Triumph. »Ja, das glaube ich. Damals sagte ich Ihnen ja, dass ich mir, wenn nötig, mein Glück vom Himmel herab stehlen würde. Aber das war nicht notwendig – was ich nahm, war herrenloses Gut!«

»Octavia!«

»Herrenloses Gut,« wiederholte Marga dumpf und winkte dem Gatten Schweigen zu.

»Ist es etwa unrichtig?« fuhr Miss Monetti fort, »ich nahm Ihnen nichts, Marga, als was Sie selbst verschmähten. Ihres Gatten Liebe war am Erfrieren, da wärmte ich sie und rettete sie – für mich. Was wollen Sie denn? Sie heirateten, um Kinder zu bekommen, die ein neues Geschlecht bilden sollten – Ihr Gatte war dabei nur Mittel zum Zweck. Nun wohl, Ihr Ziel ist erreicht; Sie haben Kinder und erziehen Sie nach Ihren Ideen. Hier bringe ich Ihnen noch einen Zukunftsmenschen dazu. Glauben Sie, ich würde mich seiner schämen? O nein! Ich bin keine Komödiantin und keine Dirne – ich bin ein Weib, das liebt und Glück gewährt und genossen hat ...«

Schweigend nahm die Baronin das schlafende Kind im Steckkissen aus seiner Mutter Arme und verliess mit ihm das Zimmer.

Eine schwere Pause entstand zwischen den Zurückgebliebenen. Octavia war auf einen Kampf, auf Schmähungen gefasst gewesen; dieser lautlose Sieg betäubte sie. In Eitel rangen Schmerz und Zorn mit der Beschämung.

Endlich näherte das Weib sich dem Geliebten.

»Eitel! Du kannst mir nicht zürnen –« sie schrak zusammen vor seinem verächtlichen Blick.

»Dir zürnen? Weil du die Niedrigkeit deines Charakters so offen gezeigt – bewahre! Aber da du nun deinen Zweck erreicht und meine Ehe zerstört, kannst du wohl wieder gehen. Deine mütterliche Verpflichtung hast du ja der Frau, die du gekränkt, an den Hals geworfen – was willst du weiter?«

Wie versteinert starrte sie ihn an. Wer war das, der zu ihr sprach? Das konnte Eitel nicht sein! Ihr Geliebter! Ihr Gott! Ihr Leben!

Mit einem Stöhnen sank sie bewusstlos zurück.

Margarethe hatte unterdessen ihre alte Selbstbeherrschung wiedergefunden. Octavias Worte, so kränkend sie waren, hatten die Wahrheit enthalten, deren Marga sich selbst bereuend klar geworden. Nun stand sie vor der Tatsache, dass der Weg, den sie einst nicht gehen wollte, für sie verschlossen sei. Und hier war es das immer belächelte – oft übertriebene Pflichtgefühl, welches sie aufrecht hielt.

Mit festen Schritten ging sie zur Bibliothek zurück, nachdem sie Frau Bendemann das kleine Kind übergeben, mit der Weisung, es zu Leonies Wärterin zu bringen. Eitel stand mit finsterer Miene vor der Ohnmächtigen, ohne an Hilfe zu denken.

»Ich wies sie hinaus,« sagte er, »und da –«

»Warst du nicht zu hart zu ihr?« frug Marga ruhig und bemühte sich, der Leidenden eine bessere Lage zu geben, »sie hat Anspruch auf dich, Eitel.«

»Ich habe mich meiner – meiner Verpflichtungen nicht geweigert,« sagte er mürrisch, sich abwendend, »was hat sie hier zu suchen?«

Margarethe trat an ihn heran und legte beide Hände auf seine Schultern.

»Eitel! Sieh mich an, bitte! Ich will dich nicht quälen – ich will weder Klage noch Vorwurf aussprechen, aber: entscheide dich! Liebst du sie – dann habe den Mut, diese Liebe zu vertreten. Ich konnte dir das Glück nicht geben, das du erhofftest – ich werde dich aber frei machen dafür – wie du willst, durch Scheidung – oder Trennung – und wenn du es der Kinder wegen verlangst, auch – durch blosse Duldung ...«

So fand Eitel Jochen von Seyblitz nach sechsjähriger Ehe endlich seine Marga, wie er sie immer erträumt, und gerade in dem Moment, da er sie verloren wähnte.

»Geliebte!« sagte er erschüttert, »wenn auch meine Sinne mich zur Untreue hinrissen, mein Herz blieb immer dein, und lange schon folterte mich die Reue und zerrte mich immer wieder zwischen Liebe und Schuld hin und her ... Willst du mir noch einmal vertrauen?«

»Ganz und gar, Eitel – wenn du es noch einmal mit mir versuchen willst ...«

Ihre Blicke hingen ineinander, als sähen sie sich zum erstenmal.

Ein tiefer Seufzer schreckte sie auseinander.

Octavia hatte sich aufgerichtet und sah sie verwirrt an.

Marga trat zu ihr und wollte sie stützen. Aber sie wehrte ab.

»Führe mich hinauf, Eitel!« bat sie mit schwacher Stimme; zögernd folgte er ihrem Ruf, da seine Frau zustimmend nickte.

Jetzt, da Margarethe allein war, brach ihre Selbstbeherrschung zusammen; sie sank auf einen Stuhl, und das Antlitz in die Hände legend, weinte sie, weinte, wie sie seit ihrer Kindheit nicht mehr getan, heisse, wohltuende, Schmerz und Erregung lösende Tränen. Und unwillkürlich dachte sie ihres doppelten Einzuges in ihr Heim damals – wie sie von der Nebentür zurückging, um durch das grosse Tor einzutreten: nun stand es wieder auf, sie zu empfangen!

Eitel geleitete unterdessen Octavia hinauf nach jenem Zimmer, wo sie einst seine laue Neigung in ihrer Leidenschaft entflammt hatte. Fast musste er die zarte Gestalt tragen, so mühsam schritt sie dahin.

»Also keine Liebe,« flüsterte sie matt, als sie sich auf den grossen Schreibtischsessel niedergelassen, »oder träumte ich bloss? Bin ich krank?«

»Ja, du bist krank,« sagte er beschwichtigend und unbehaglich, »du hättest nicht reisen sollen.«

»Nicht? Damit ich weiter an deine Liebesalmosen geglaubt hätte!« sagte sie bitter, »als ob ich hätte leben können dort, ohne dich! Und jetzt – Eitel! Eitel – – wenn es nicht Liebe war, was dich in meine Arme trieb, was denn? Bei allem, was dir heilig ist – sag mir ein einzig Mal die Wahrheit, auch wenn sie schmerzt: Hast du mich nie, nie wirklich geliebt?«

»Nie,« antwortete er ernst, »ich habe mich vielleicht an dir versündigt, Octavia, aber gelogen nicht. Ich suchte in deiner Neigung nur Trost für Margas Gleichgültigkeit, aber ihr allein hat meine Liebe gegolten.''

»Dann war ich also doch bloss – eine Dirne,« sagte sie, die weisse kleine Hand aufs Herz pressend, »wie grausam das Leben ist – dem einen Menschen streut es alle Schönheit der Welt hin, auch wenn er sich nichts daraus macht, und dem andern mischt es Gift in den einzigen Glückstropfen, den es ihm gewährt. Es ist gut – ich gehe wieder – noch eine Stunde Ruhe erlaube mir!«

»Aber Octavia – Margarethe hat kein Wort des Tadels für dich – für uns – – du musst dich erst erholen ...«

»Ja, ich muss mich erholen – lass mich! Küsse mich noch einmal, Eitel! Zum Abschied – – Dir danke ich den einzigen Sonnenstrahl in meinem Leben ...« Widerwillig neigte er sich und empfing ihren Kuss. Sie schauerte zusammen: »So kalt! So kalt! Auch Sonnen sterben ...«

Er ging.

Als Frau Bendemann zwei Stunden später hinauf kam, um Miss Monetti ein sorglich bereitetes Mahl zu bringen, fand sie diese in einer Blutlache, tot – sie hatte sich die Pulsadern geöffnet.

Auf dem Schreibtisch stand ein letzter Vers dieser poesievollen, eigenartigen Frau:

> »Ein blauer Duft wie Tränenahnung
> Liegt über dem Zimmer –
> Als ob ein Schimmer
> Des Glückes erloschen in Todes-Mahnung.
>
> Die graue Dämmerung späht und lauert
> Auf Glückesscherben ...
> Auch Sonnen sterben!
> Meine arme Seele fröstelt und schauert ...«

Sechs Jahre später – sechs Jahre voll Arbeit, Sorge und – Liebe sind vergangen.

Margarethe von Letzow hat begriffen, dass die Pflicht ohne die Liebe keinen Wert besitzt – dass Gattin sein ein ebenso hoher Beruf ist wie Mutter sein, und dass beides unbedingt zusammengehört.

Das Kinderheim neben Schmidles ist bedeutend vergrössert worden, da eine ganze Schar fröhlicher Buben und Mädchen darinnen wirtschaftet – im wahren Sinne des Wortes, denn keine Dienerschaft wird zugelassen.

Maxie Hergentheim ist der älteste, nach ihm kommen einige Letzower Dorf-Waisen, dann der zehnjährige Herbert, und ein gleichaltriges Mädchen, das Tante Leo aus Berlin seinen rohen, dem Trunk ergebenen Eltern abgehandelt, darauf folgen Leonie und Octavian, und drei kleine Schmidles – es ist immer Nachwuchs da!

Das Dutzend ist beinahe vollzählig. Ausser der kleinen blassen Berlinerin sind alle gesund und rotwangig. Sie arbeiten ordentlich und lernen spielend.

Sie wissen, wie der Acker bearbeitet wird, damit er Frucht trägt, und kennen die Einrichtung des Telegraphenwesens – ja zwischen Letzow und dem »Schmidle-Nest« besteht eine richtige Verbindung und die Kinder sind stolz, den Morse-Apparat bedienen zu dürfen. Wundervolle Bilder von Städten, Kunstwerken, Tieren und Pflanzen hängen und stehen in Spiel- und Lernzimmern, und die Rahmen sind praktisch eingerichtet, so dass der Inhalt leicht gewechselt werden kann, wenn das betreffende Bild im Gedächtnis festhaftet nebst den dazu gehörigen Erzählungen. Wie leicht ist da das Repetieren! Denn im Kindersinn haftet nur das, was er sich vorstellen kann.

Deshalb machen Schmidles mit der kleinen Schar oft Ausflüge, die manchmal tagelang dauern. Sie besuchen Fabriken und Werkstätten, die Kinder sehen den Unterschied zwischen Maschinen- und Handarbeit. Sie besuchen Museen und Ateliers, wo jede bekannte Skulptur, jedes vertraute Bild mit lautem Jubel begrüsst wird. Sie wissen nichts von Latein und Griechisch, aber sie lesen im Buch der Natur, und verstehen es.

Sie sind moderne Kinder der modernen Zeit, und wissen mit ihrer kleinen Druckerei, die eine richtige Rotationsmaschine mit

Akkumulatorenbetrieb ist, ebenso gut umzugehen, wie mit ihren physikalischen Experimentierkästen. Und da ist kein Unterschied zwischen Knaben und Mädchen, im Haus wie draussen schaffen sie nebeneinander, und lernen alle die Kleinigkeiten der täglichen Arbeit kennen, die vielleicht manchmal langweilig, aber doch unentbehrlich ist.

Von Anfang an lernen sie die grosse Weisheit: Selbst ist der Mann! Eltern und Lehrer stehen ihnen zur Seite, aber helfen ihnen nicht, sondern leiten sie nur an; denn ihnen soll der dümmste und lächerlichste Dünkel: die Verachtung der eigenen körperlichen Arbeit erspart bleiben.

Es ist natürlich, dass die Letzower Kinderkolonie vielen ein Dorn im Auge ist, besonders jenen, welche mit Weltverbesserungsideen spielen, aber keiner Tat fähig sind.

Die Regierung sandte kürzlich einen Schulrat zur Prüfung, doch dieser konnte nur Treffliches berichten. »Die Kinder besässen allerdings kein Realschul-Wissen, seien aber im Lesen, Schreiben und Rechnen ihren Altersgenossen weit voraus, und zeigten ausserdem selten reiche praktische Kenntnisse.«

Margarethe sass auf dem grossen Rasen, dessen Mitte die Tennis- und Criquetplätze einnahmen, und sah zu, wie zwei kleine Kerlchen sich bemühten, eine aus dem Leim gegangene Gliederpuppe wieder zusammenzusetzen. Davon schweifte ihr Blick hinüber zu Eitel, der mit einigen Kindern Rosen okulierte, während Tante Fränze das Berliner Mädchen, das zu erblinden drohte, Körbe flechten lehrte. Maxie Hergentheim aber stand mit stolzer Miene vor einem funkelnagelneuen photographischen Apparat, und versuchte ihn richtig »einzustellen«.

Neben der Baronin sass der alte Letzower Pfarrer, der mit Marga längst gut Freund geworden.

»Welch anziehendes Bild, Frau Baronin,« meinte er lächelnd, wahrlich, Sie müssen sich glücklich fühlen, Schöpferin dieser kleinen lebhaften Welt zu sein!«

»Mein Verdienst ist nur klein daran - wenn Schmidles nicht mit solcher Lust und Liebe dabei wären, hätte ich wohl nicht alles ausführen können, wozu es mich drängte. Die Idee selbst rührt ja

von meinem Mann her – Und Ihre Hilfe, Herr Pfarrer, ist uns doch auch unentbehrlich, denn nur ein grossdenkender Mann wie Sie –«
»Nun, Sie wissen ja, wie ich anfangs dachte, Frau Baronin, ich fürchtete, diese kleine Gemeinde solle nach sozialistischen Ideen erzogen werden, besonders da Sie die Letzower Waisenkinder herüberholten. Jetzt aber hege ich diese Befürchtung nicht mehr: einen reinen Gottesglauben finde ich, und – angewandtes Christentum! Segen haben Sie gesät, Segen werden Sie mit Gottes Hilfe ernten!«

Ein Gong ertönte, die Kinder eilten zum Baden, die grösseren übten sich im Schwimmen mit Schmidle, »Tante Fränze« beaufsichtigte die anderen.

Der Pfarrer ging mit Marga und Eitel nach dem hübschen Teich, wo die muntere Gesellschaft sich tummelte, wie unser Herrgott sie erschaffen hatte.

»Das muss ich sagen, müde wird man,« lächelte der Freiherr, »viel Zeit lässt die kleine Bande einem nicht, an sich selbst zu denken. Wollen Sie sich mal Maxies Meisterstück ansehen, Herr Pfarrer? Gestern ist er dreizehn Jahre geworden, da hat er zur Feier des Tages seiner Mutter und meiner Frau je einen Faullenzerstuhl gearbeitet, wirklich sauber und schön, sogar zum Verstellen.«

»Die Gräfin wollte heut abend kommen,« meinte Marga, »sie war ganz ausser sich vor Freude über Maxies Geschicklichkeit.«

Ja, Fritzi Hergentheim war in den letzten Jahren Margarethe eine gute Freundin geworden: beide lernten viel von einander. Wenn die Gräfin auch immer noch die elegante Modedame blieb, so war doch ihr Interesse wach für die Kolonie, und wenn sie anfangs Max aus Bequemlichkeit nach Letzow getan, weil er und die Hauslehrerwirtschaft sie »nervös« machten, so begriff sie doch bald die hohe Bedeutung dieser freien aber zielbewussten Erziehung.

Das Schicksal Octavias war ihr natürlich nicht unbekannt geblieben; und sie bewunderte Marga ob der Liebe, welche diese dem kleinen Octave entgegenbrachte. Sie selbst neigte sehr zur Eifersucht und hätte so etwas nicht über sich gewinnen können! Marga dagegen sah ein, dass eine Frau sich nichts vergab, wenn sie sich für ihren Gatten schmückte, und dass auch das höchste Ideal nicht für den Mangel an Liebe und Liebenswürdigkeit entschädigt.

Heute begleitete der Graf seine Gattin, und bald sass man gemütlich auf der grossen Terrasse.

Der Graf gab seiner Freude über Maxies Entwicklung Ausdruck, und wie vorhin der Pfarrer, gab er zu, anfänglich von der ganzen Sache nicht viel gehalten zu haben.

»Sehen Sie, ich sagte mir aber: schaden kann's ja nichts, und später tu ich den Jungen ins Korps. Doktor Schmidles Kenntnisse bürgten mir, dass er die Anfangsgründe schon lernen würde – Nun aber muss ich wirklich sagen: ein frischer Luftzug weht durch die kleine Kolonie, und so wenig ich im allgemeinen für Neuerungen bin – eine leuchtet mir als Landmann sehr ein: die Rückkehr zur Scholle. Der Zuzug nach den Städten muss aufhören, oder doch durch Abgabe von Städtern nach dem Land im Gleichgewicht gehalten werden. Der Mensch der Grossstadt, der mit hundert anderen in einer Mietskaserne wohnt, verlernt den Begriff »Vaterland« – wer aber ein Stück Land sein eigen nennt, der hat eine Heimat. Es ist kein Vorteil, wenn zuviel Grundbesitz sich in einer einzigen Hand vereinigt, das verteuert den Boden.

Um der Sozialdemokratie wirksam entgegenzutreten, stärke und vermehre man den Bauernstand; nur wer nichts zu verlieren hat, schreit nach Teilung.«

»Es steckt eine gewaltige Macht in der eigenen Scholle,« sagte Eitel, »und wer ganz mit ihr verwächst, den begabt sie mit dieser Macht. In den Städten lässt die Sucht nach dem Geld die besten Kräfte des Menschen auf Kosten einer einzigen verkrüppeln; dort wird nur gearbeitet, um Mittel zum Faullenzen zusammenzutragen. So die richtige warme Schaffensfreude lernt keiner kennen, der nicht auf eigenem Grund und Boden steht.«

»Schon der Kinder, der neuen Generation wegen, müssen wir auf dem Land heimisch werden,« nickte Margarethe, »in der grossen Stadt kommen sie nicht zu ihrem Recht – da spannt man sie zu hunderten in ein Prokrustesbett von höherer oder niederer Bildung, und teilt sie darnach ein. – Die Schulen dienen nur zur Erlangung einer staatlichen Stellung, die möglichst viel einträgt.

Ist es da verwunderlich, wenn uns soviele seelisch verkrüppelte Menschen begegnen? Nicht die Städte sollte man vergrössern, sondern mehr kleine Bauerngüter schaffen und diese zu billigen

Preisen hergeben. Die Lebensführung würde dadurch von selbst eine einfachere werden und vor allem, eine gesündere!«

»Ja, dem ländlichen Bauernstand würde durch eine gewisse Verschmelzung mit städtischen Bauern, um so zu sagen, grosser Nutzen erwachsen,« bestätigte der Pfarrer. »die Stumpfheit jener müsste durch gediegene Kenntnisse vertrieben werden. Gott bewahre sie freilich vor der gewissen traurigen Halbbildung, welche heutzutage manchmal ihre Arme nach den wohlhabenden Bauerntöchtern ausstreckt. Was vor allem not tut, in Stadt und Land, ist eine gleichmässige strenge Sittlichkeit ohne falschen Schambegriff, und ein einheitlicher reiner Gottesglaube, der beide Geschlechter umspannt. Nicht ein Staatsgesetz soll die Religion sein, und ein Traum für Frauen und Kinder – nein, eine Seelen-Einheit, allumfassend wie das ewige Himmelszelt.«

»O,« sagte Marga. tief atmend, »wenn wir erst das erreicht haben, dann gibt es keine Frauenfrage mehr – vielleicht auch keine soziale Frage –«

»Nun, zuviel darf nicht auf einmal erhofft werden,« meinte der Graf, »jede Wendung zum Guten dauert doppelt so lange wie die zum Schlechten. Aber ein grosser Raum ist gewonnen, wenn es der von Ihnen so sorgfältig gepflegten Generation gelingt die Sittlichkeit auf reine klare Bahn zu leiten.«

Drüben tobten die Kinder wieder auf dem Rasen; die Erwachsenen schauten hinüber mit hoffnungsfreudigem Herzen: sie alle hatten an sich und an anderen den Zwiespalt des Lebens erfahren, und sie alle ersehnten den neuen Mann, der ihn lösen sollte.

Ob es ihm gelingen wird?

<u>Titelliste Taschenbuch-Literatur-Klassiker</u>

Bd. 1 *Abenteuer und Fahrten des Huckleberry Finn*, Mark Twain, Bd. 2 *Andersens Märchen*, Hans Christian Andersen, Bd. 3 *Anton Reiser*, Karl Philipp Moritz, Bd. 4 *Aus dem Leben eines Taugenichts*, Joseph Freiherr v. Eichendorff, Bd. 5 *Bahnwärter Thiel*, Gerhard Hauptmann, Bd. 6 *Bambi Eine Lebensgeschichte aus dem Walde*, Felix Salten, Bd. 7 *Bauern, Bonzen und Bomben*, Hans Fallada, Bd. 8 *Bel Ami*, Guy de Maupassant, Bd. 9 *Bergkristall*, Adalbert Stifter, Bd. 10 *Candide oder der Optimismus*, Voltaire, Bd. 11 *Caspar Hauser oder Die Trägheit des Herzens*, Jakob Wassermann, Bd. 12 *Dantons Tod*, Georg Büchner, Bd. 13 *Das Bildnis des Dorian Grey*, Oscar Wilde, Bd. 14 *Das Dschungelbuch*, Rudyard Kipling, Bd. 15 *Das Fräulein von Scuderi*, ETA Hoffmann, Bd. 16 *Das Gemeindekind*, Marie v. Ebner-Eschenbach, Bd. 17 *Das Heptameron*, Margarete v. Navarra, Bd. 18 *Märchenbriefbuch der heiligen Nächte*, Max Dauphtendey, Bd. 19 *Das Marmorbild*, Joseph v. Eichendorff, Bd. 20 *Das Schloss*, Franz Kafka, Bd. 21 *Das Urteil*, Franz Kafka, Bd. 22 *David Copperfield*, Charles Dickens, Bd. 23 *Der abenteuerliche Simplizissimus*, Grimmelshausen, Bd. 24 *Der arme Spielmann*, Franz Grillparzer, Bd. 25 *Der eingebildete Kranke*, Moliere, Bd. 26 *Der ewige Spießer*, Ödön v. Horváth, Bd. 27 *Der Fürst*, Nocolò Machiavelli, Bd. 28 *Der Glöckner von Notre Dame*, Victor Hugo, Bd. 29 *Der goldene Esel, Apuleius*, Bd. 30 *Der goldene Topf*, ETA Hoffmann, Bd. 31 *Der Graf von Monte Christo*, Alexandre Dumas, Bd. 32 *Der grüne Heinrich*, Gottfried Keller, Bd. 33 *Der kleine Häwelmann und andere Märchen*, Theodor Storm, Bd. 34 *Der kleine Lord*, Frances Hodgson Burnett, Bd. 35 *Der letzte Mohikaner*, James Fenimore Cooper, Bd. 36 *Der Prozess*, Franz Kafka, Bd. 37 *Der Sandmann*, ETA Hoffmann, Bd. 38 *Der Schimmelreiter*, Theodor Storm, Bd. 39 *Der Schuss von der Kanzel*, Conrad Ferdinand Meyer, Bd. 40 *Der Seewolf*, Jack London, Bd. 41 *Der seltsame Fall des Dr. Jekyll und Mr. Hyde*, Robert Louis Stevenson, Bd. 42 *Der Stechlin*, Theodor Fontane, Bd. 43 *Der Sturmheidhof (Sturmhöhe)*, Emily Brontë, Bd. 44 *Der Tor und der Tod*, Hugo v. Hofmannsthal, Bd. 45 *Der Weg ins Freie*, Arthur Schnitzler, Bd. 46 *Der zerbrochene Krug*, Heinrich v. Kleist, Bd. 47 *Deutsches Märchenbuch*, Ludwig Bechstein, Bd. 48 *Deutschland. Ein Wintermärchen*, Heinrich Heine, Bd. 49 *Die Abenteuer der sieben Schwaben*, Ludwig Aurbacher, Bd. 50 *Die Burg von Otranto*, Horace Walpole, Bd. 51 *Die drei Musketiere*, Alexandre Dumas, Bd. 52 *Die Elixiere des Teufels*, ETA Hoffmann, Bd. 53 *Die Geschichte meines Lebens*, Georg Ebers, Bd. 54 *Die Insel Felsenburg*, Johann Gottfried Schnabel, Bd. 55 *Die Judenbuche*, Annette v. Droste-Hülshoff, Bd 56. *Die Kameliendame*, Alexandre Dumas, Bd. 57 *Die Kartause von Parma*, Stendhal, Bd. 58 *Die Kreutzersonate*, Lew Tolstoi, Bd. 59 *Die Leiden des jungen Werther*, Johann Wolfgang v. Goethe, Bd. 60 *Die Leute von Seldvyla I*, Gottfried Keller, Bd. 61 *Die Leute von Seldvyla II*, Gottfried Keller, Bd. 62 *Die Marquise*, George Sand, Bd. 63 *Die Marquise von O.*, Heinrich v. Kleist, Bd. 64 *Die Memoiren der Fanny Hill*, John Cleland, Bd. 65 *Die Ratten*, Gerhard Hauptmann, Bd. 66 *Die Räuber*, Friedrich v. Schiller, Bd. 67 *Die Regentrude*, Theodor Storm, Bd. 68 *Die Reisen des Baron zu Münchhausen*, Bd. 69 *Die Schatzinsel*, Robert Louis Stevenson, Bd. 70 *Die Verlobten*, Allessandro Manzoni, Bd. 71 *Die Verwandlung*, Franz Kafka, Bd. 72 *Die Verwirrungen des Zöglings Törleß*, Robert Musil, Bd. 73 *Die Waffen nieder*, Berta von Suttner, Bd. 74 *Die Wahlverwandtschaften*, Johann Wolfgang v. Goethe, Bd. 75 *Don Carlos*, Friedrich v. Schiller, Bd. 76 *Eduards Traum*, Wilhelm Busch, Bd. 77 *Effi Briest*, Theodor Fontane, Bd. 78 *Egmont*, Johann Wolfgang v. Goethe, Bd. 79 *Ein Held unserer Zeit*, Michail Lermontoff, Bd. 80 *Einsichten und Ausblicke*, Gerhard Hauptmann, Bd. 81 *Emilia Galotti*, Gottold Ephraim Lessing, Bd. 82 *Erinnerungen aus galanter Zeit*, Giacomo Casanova, Bd. 83 *Erzählungen*, Wilhelm Busch, Bd. 84 *Es waren zwei Königskinder*, Theodor Storm, Bd. 85 *Essays*, Michel de Montaigne, Bd. 86 *Franz Sternbalds Wanderungen*, Ludwig Tieck, Bd. 87 *Fräulein Else*, Arthur Schnitzler, Bd. 88 *Frühlings Erwachen*, Frank Wedekind, Bd. 89 *Gedanken*, Blaise Pascal,

Bd. 90 *Gefährliche Liebschaften*, Pierre-Ambroise-François Choderlos de Laclos, Bd. 91 *Gegen den Strich*, Joris-Karl Huysmany, Bd. 92 *Geschichte des Fräuleins von Sternheim*, Sophie v. La Roche, Bd. 93 *Geschichte vom braven Kasperl und dem Annerl*, Clemens Brentano, Bd. 94 *Geschichten aus dem Wienerwald*, Ödön v. Horváth, Bd. 95 *Glanz und Elend der Kurtisanen*, Honore de Balzac, Bd. 96 *Glück und Unglück der berühmten Moll Flanders*, Daniel Defoe, Bd. 97 *Götz von Berlichingen*, Johann Wolfgang v. Goethe, Bd. 98 *Gullivers Reisen*, Jonathan Swift, Bd. 99 *Heidis Lehr und Wanderjahre*, Johann Spyri, Bd. 100 *Heinrich von Ofterdingen*, Novalis, Bd. 101 *Hiob Roman eines einfachen Mannes*, Joseph Roth, Bd. *102 Immensee*, Theodor Storm, Bd. 103 *Iphigenie auf Tauris*, Johann Wolfgang v. Goethe, Bd. 104 *Italienische Märchen*, Clemens Brentano, Bd. 105 *Ivannhoe*, Walter Scott, Bd. 106 *Jahrmarkt der Eitelkeiten*, William Makepaece Thackeray, Bd. 107 *Jane Eyre*, Charlotte Brontë, Bd. 108 *Jugend ohne Gott*, Ödön v. Horvath, Bd. 109 *Jürg Jenatsch*, Conrad Ferdinand Meyer, Bd. 110 *Kabale und Liebe*, Friedrich v. Schiller, Bd. 111 *Kasimir und Karoline*, Ödön v. Horvath, Bd. 112 *Kinder- und Hausmärchen*, Gebrüder Grimm, Bd. 113 *Kleiner Mann, was nun*, Hans Fallada, Bd. 114 *König Alkohol*, Jack London, Bd. 115 *Krambambuli*, Marie Ebner-Eschenbach, Bd. 116 *Lausbubengeschichten*, Ludwig Thoma, Bd. 117 *Lavinia - Pauline - Kora*, George Sand, Bd. 118 *Leben und Lüge*, Detlev von Liliencron, Bd. 119 *Lebensansichten des Katers Murr*, ETA Hoffmann, Bd. 120 *Lenz. Der hessische Landbote*, Georg Büchner, Bd. 121 *Lieutenant Gustl*, Arthur Schnitzler, Bd. 122 *Lord Jim*, Joseph Conrad, Bd. 123 *Luise*, Johann Heinrich Voß, Bd. 124 *Madame Bovary*, Gustave Flaubert, Bd. 125 *Märchen*, Wilhelm Hauff, Bd. 126 *Maria Stuart*, Friedrich v. Schiller, Bd. 127 *Max Havelaar*, Multatuli, Bd. 128 *Meister Floh*, ETA Hoffmann, Bd. 129 *Michael Kohlhaas*, Heinrich v. Kleist, Bd. 130 *Minna von Barnhelm*, Gotthold Ephraim Lessing, Bd. 131 *Moby Dick*, Hermann Melville, Bd. 132 *Nathan, der Weise*, Gotthold Ephraim Lessing, Bd. 133-1 und 133-2 *Nils Holgersson wunderbare Reise*, Selma Lagerlöf, Bd. 134 *Niels Lyne*, Jens Peter Jacobsen, Bd. 135 *Nußknacker und Mausekönig*, ETA Hoffmann, Bd. 136 *Oliver Twist*, Charles Dickens, Bd. 137 *Onkel Toms Hütte*, Herriett Beecher Stowe, Bd. 138 *Peter Schlemihls wundersame Geschichte*, Adalbert v. Chamisso, Bd. 139 *Peterchens Mondfahrt*, Gerdt v. Bassewitz, Bd. 140 *Pinocchio*, Carlo Collodi, Bd. 141 *Reinecke Fuchs*, Johann Wolfgang v. Goethe, Bd. 142 *Rheinmärchen*, Clemens Brentano, Bd. 143 *Rinaldo Rinaldini*, Christian August Vulpius, Bd. 144 *Robinson Crusoe*; Daniel Defoe, Bd. 145 *Romeo und Julia*, William Shakespeare Bd. 146 *Schach von Wuthenow*, Theodor Fontane, Bd. 147 *Schachnovelle*, Stefan Zweig, Bd. 148 *Schatzkästlein des rheinischen Hausfreundes*, Johann Peter Hebel, Bd. 149 *Schelmuffskys Reisebeschreibung*, Christian Reuter, Bd. 150 *Schloss Gripsholm*, Kurt Tucholsky, Bd. 151 *Siebenkäs*, Jean Paul, Bd. 152 *Sternstunden der Menschheit*, Stefan Zweig, Bd. 153 Tao te king, Laotse, Bd. 154 *Till Eulenspiegel*, Hermann Bote, Bd. 155 *Tolldreiste Geschichten*, Honoré de Balzac, Bd. 156 *Tom Jones, Geschichte eines Findelkindes*, Henry Fielding, Bd. 157 *Tom Sawyers Abenteuer und Streiche*, Mark Twain, Bd. 158 *Troquato Tasso*, Johann Wolfgang v. Goethe, Bd. 159 *Traumnovelle*, Arthur Schnitzler, Bd. 160 *Trost der Philosophie*, Boethius, Bd. 161 *Über den Umgang mit Menschen*, Adolph Freiherr v. Knigge, Bd. 162 *Uli der Knecht*, Jeremias Gotthelf, Bd. 163 *Uli der Pächter*, Jeremias Gotthelf, Bd. 164 *Ungeduld des Herzens*, Stefan Zweig, Bd. 165 *Ut oler Welt*, Wilhelm Busch, Bd. 166 *Vater Goriot*, Honoré de Balzac, Bd. *167 Väter und Söhne*, Ivan Sergejeviç Turgenev, Bd. 168 *Verlorene Illusionen*, Honoré de Balzac, Bd. 169 *Von der Freiheit eines Christenmenschen*, Martin Luther – Bd. 170 *Von der Ursache, dem Prinzip und dem Einen*, Bruno Giordano, Bd. 171 *Vor Sonnenuntergang*, Gerhard Hauptmann, Bd. 172 *Walden oder Leben in den Wäldern*, Henry D. Thoreau, Bd. 173 *Wilhelm Meisters Lehrjahre*, Johann Wolfgang v. Goethe, Bd. 174 *Wilhelm Meisters Wanderjahre*, Johann Wolfgang v. Goethe, Bd. 175 *Wilhelm Tell*, Friedrich v. Schiller

Von demselben Autor/Herausgeber sind bei BOD bereits erschienen:

Alle Tage Feiertage
ISBN 978-3-7386-0409-2, 280 S.
Allerlei Anlässe zum Aktionieren, Feiern und Gedenken

100 Kinderlieder
ISBN 978-3-7322-3024-2, 112 S.
100 Kinderlieder, altbekannt und immer wieder gern gesungen

Liederbuch (Deutsche Volkslieder)
ISBN 978-3-8423-6702-9, 312 S.
300 Volkslieder aus 8 Jahrhunderten und aller Herren Länder

Sagen und Erzählungen aus Marburg und Oberhessen
ISBN 978-3-7347-8909-0 , 164 S.
Allerlei Schwänke und Geschichten aus dem Marburger Land

Tausenderlei über die Freiheit
ISBN 978-3-7322-9721-4, 140 S.
Mehr als 1000 Zitate, Bonmots und Aphorismen über die Freiheit

Tausenderlei über das Glück
ISBN 978-3-7322-5525-2, 160 S.
Mehr als 1000 Zitate, Bonmots und Aphorismen über das Glück

Tausenderlei über die Liebe
ISBN 978-3-8423-7474-4, 140 S.
Mehr als 1000 Zitate, Bonmots und Aphorismen zum Thema Nr. Eins

Weihnachtsgedichte– Verse, Reime und Gedichte zum Fest
ISBN 978-3-7347-6393-9, 352 S.
290 Werke bekannter und unbekannter Dichter zum Weihnachtsfest

Weihnachtsgeschichten - Erzählungen und Märchen
ISBN 978-3-7347-6404-2, 392 S.
85 kurze und lange Texte zur Weihnachtszeit

Weihnachtsgeschichten 2
ISBN 978-3-7481-7533-9, 360 S.
35 kürzere und längere Geschichten zur Weihnacht

100 Weihnachtslieder
ISBN 978-3-7322-3375-5, 112 S.
100 Weihnachtslieder aus der Heimat und der ganzen Welt

Lob und Tadel an tessitore@web.de